꼰대희

밥묵자

밥묵자

꼰대희의 밥상머리 교육 꼰대희 지음

21세기북스

인의예지 仁義禮智

측은하게 여기는 마음(惻隱之心)이 없다면 사람이 아니고,
부끄러워하는 마음(羞惡之心)이 없다면 사람이 아니며,
사양하는 마음(辭讓之心)이 없다면 사람이 아니고,
옳고 그름을 판단하는 마음(是非之心)이 없다면 사람이 아니다.
측은하게 여기는 마음은 인仁의 단서이고,
부끄러워하는 마음은 의義의 단서이며,
사양하는 마음은 예禮의 단서이고,
시비를 가리는 마음은 지智의 단서이다.

–『맹자』 공손추상 중에서

응원합니다

아따 이 인간 씨부리다 씨부리다 요기 씨부리기 모음전을 내뿠네. 젊은 아들이 이런 거 좋아나 할까예? 뭐 그 오지랖은 이해는 합니더. 먼저 살았으니께 요고 본 동미이 친구들은 우리보다 잘 살라꼬 하는 거 아입니꺼? 봐라 봐라, 동미이 친구들아! 세상 엄마 아빠는 이렇다. 너거들은 좀 덜 걱정하고 살았으면 해서 씨부리니깐 맴이 허할 때 함 봐라. 위로 아닌 위로라도 이 꼰대인 꼰대희가 시름 쪼끔이라도 덜어주지 않겠나 싶다. 오늘도 욕봤다 야들아~~~ 거 보소! 그만 씨부리고 식사하이소.

_신봉선(개그우먼)

'대화가 필요해'의 동민이는 김동민이다. 꼰대희는 꼬깔 꼰 씨이다. 고로 아들 동민이는 꼰동민이다. 그들은 서로 다른 인물인 건가. 나는 누구인가. 내 아버지는 누구인 건가. 우리는 모두 이런저런 고민들 속에 살아간다. 이 책은 그런 우리 모두의 일상이다. 아버지 축하드립니다. 아들 꼰동민.

_장동민(개그맨)

처음 〈꼰대희〉 채널을 만들었을 때, 이런 거 뭐 하러 만드냐고 물었다. 그리고 지금 나는 다시 묻는다. 이런 책 왜 냅니까?

_유민상(개그맨)

꼰대희라는 캐릭터, 아니 인물은 참으로 신비롭다. 말투, 행동, 걸모습 심지어 영상의 재질마저도 옛스럽지만 우리는 그 안에서 정을 느끼고 평안을 느낀다. 이 책은 그에 관한 모든 이야기들이 담겨 있는

듯하다. 꼰대희라는 인물을 더더 자세히 들여다볼 수 있으며 어쩌면 그의 비밀(?)이 밝혀지는 계기가 될지도 모르겠다. 한 가지 분명한 사실은 꼰대희 씨는 김대희 씨가 살아 있는 한 불멸할 것이라는 것.

_유세윤(개그맨)

웃기면 풍자고. 못 웃기면 비하다. 꼰대희 형님은 비…… 하…… 인드스토리를 이 책에 담았다.

_김준호(개그맨)

나로 인해 조회수 마이 잡쉈다 아입니까! 책 발간 진심으로 축하드립니데이~

_히밥(크리에이터)

인터넷은 온통 도파민을 자극하는 강렬하고 짧은 영상들이 홍수처럼 범람하고, 여가시간에 보는 작은 화면 속에서조차 여유를 빼앗겨 버린 지금, 이 책은 구수하고 담백한 대화로 느리게 다가오는 잔잔한 위로를 전한다. 주변에 한 명쯤 있을 법한 꼰대지만 적어도 따뜻한 밥과 국만큼이나 그가 전하는 메시지는 감동적이고 따뜻하기까지 하다. 이 책은 영상에서 다 보여주지 못한 깊이 있는 인문학적 조언을 함께 담아 든든한 깊이를 더해준다.

_이지영(일타강사)

"저희는 대본이 없구요. 선생님 편하신 대로 말씀하시면 됩니다." 짜여지지 않은 날것 그대로의. 이것은 예능을 빙자한 찐 인생이야기.

_정승제(일타강사)

저자의 말

밥 먹자는 말

대대로 상놈의 집안인 꼬깔 꼰 씨 배고파 38대손 꼰대희라고 합니다. 저는 1964년 8월 19일에 태어났고, 부산대학교 철학과 83학번입니다. 현재 제가 거주하는 곳은 부산시 해운대구 달맞이고개 어딘가로 알고 계시면 되고요, 좋아하는 음식은 술입니다. 늘 주님을 모시고 있습니다. 알콜루야!

우리나라 속담에 '밥 한 알이 귀신 열을 쫓는다'는 말이 있습니다. 몸이 쇠약해졌을 때는 잘 먹어야 건강이 빨리 회복된다는 뜻입니다. 다시 말하면 몸과 마음이 상했을 때는 밥을 잘 먹어야 금방 회복된다는 뜻이기도 합니다. 유튜브 꼰대희의 상황극 시리즈 〈밥묵자〉는 2020년 12월 13일부터 업로드했습니다. 제가 워낙 개그를 좋아해서 개그맨들을 먼저 초대했는데 무얼 먹고 사는지 그들의 안부가 궁금했습니다. 요즘에는 개그맨 가족들뿐만 아니라 외부 사람들까지 많이 찾아오고 있습니다. 저는 방문객들에게 한마디만 했습니다. 밥묵자.

출판사 기획자들의 제의를 받아들여 업로드된 상황극을 유교의 덕목인 '인의예지'에 따라 구분하여 구성했고, 내용의 핵심만 요약한 후 '잔소리 한 숟갈'에는 격려와 응원의 메시지를 담았습니다. 〈밥묵자〉에 출연해 주신 모든 분들에게 감사드리고 수고해 주신 출판사 관계자 여러분께 감사의 말씀을 드립니다.

어릴 적 어느 날, 초저녁부터 곤히 잠든 저를 향해 어머니께서 말씀하셨습니다. 얘야, 밥 먹고 자. 저의 잠 속에서는 비가 내렸지만 어머니의 말씀은 또렷하게 들렸습니다. 아마 저는 꿈결이었지만 얼굴에 미소가 떠올랐을 것입니다. 밥 먹자는 말, 그것은 제게는 위로와 격려입니다.

반복되는 일상 때문에 많이 지치셨습니까? 월요일은 월요일이라서 힘들고, 화요일은 화요일이라서 힘든 세상인가요? 그렇다면 아무리 힘들어도 밥은 꼭 챙겨 드시고 다니시길 바랍니다. 위풍당당 한국인의 에너지는 바로 밥심이기 때문입니다. 오늘도 내일도 저는 인생 선후배님들께 다음과 같이 여쭤보겠습니다. 밥묵자.

2024년 4월

꼰대희

일러두기

본문의 내용은 '리얼 상황극'으로 실제로 일어난 상황이 아닐 수 있다는 것을 알려드립니다.

차례

Part 2 의義 _부끄러워하는 마음

Part 3 예禮 _사양하는 마음

Part 4 지智 _옳고 그름을 판단하는 마음

Part 1 인仁 _측은하게 여기는 마음

인
仁

001

길게, 오래 가는 게 장땡이다

대화가 필요해 2023

신봉선 × 장동민

머 하는 짓이고? 하늘 같은 서방님이 그, 그, 그 밥숟갈 들기도 전에 으이? 머라꼬? 지랄도 풍년? 뭐라 씨부리쌌노? 어데서 확! 인자 묵어도 되냐꼬? 무라.

동미이는 결혼해서 잘 살고 있어? 니 어디 댕기노? 대기업에 댕긴다꼬? 참말이가? 대기업 오데? 삼성? LG? 현대? 다 아이야? 그라모 어디? 회사 이름이 대기업이야? 그래? 연봉은 우찌 되는데? 180만 원? 월급이 아이고 연봉이 그래?

아라따. 밥묵자.

뭐라? 엄마는 운동을 열씨미 해 가꼬 60키로를 뺐어? 원래는 몇 키로였노? 60키로? 뭐라꼬? 너무 운동을 열씨미 해 가꼬 몸에서 남성 호르몬이 나온다꼬? 아라따. 밥묵자.

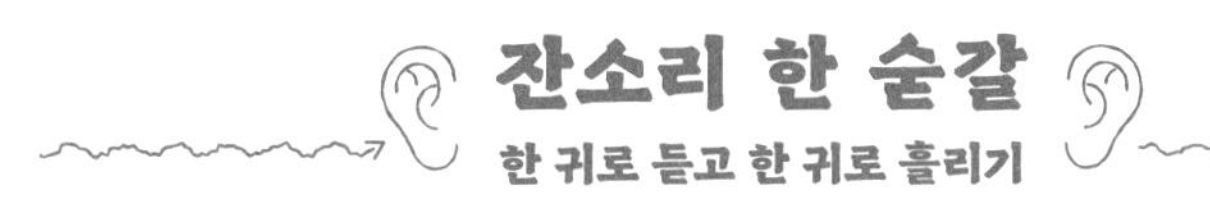

승진

대기업에 댕기든 중소기업에 댕기든 승진에 목심을 걸 필요는 없데이. 출세하고 승진하려면 새벽에 출근해 가 밤늦게까지 일해야 하는 곳이 거언 기라. 평생 일해 가 부장 달겠지? 부장서 임원으로 못 올라가도 괴롭고, 올라가 금방 짤리는 것도 괴로운 기라. 회사에 댕기는 내 친구는 부장 12년차인데 아직도 임원이 못 된 기라. 요즘에는 부장을 책임 매니저라 부른다카데. 그란데 내 친구 입사 동기들은 상무되가 임원이 되었는데 1~2년 사이에 전부 퇴사한 기라. 내 친구만 살아남아 내년에 정년인 기라. 승진한다꼬 다 좋은 기 아니데이. 꼭대기에 올라간다꼬 다 좋은 게 아인 기라. 높은 나뭇가지에 바람이 더 마이 분데이. 승진을 몬해도 **길게, 오래~ 가는 기 장땡인 기라.** 알겄제? 밥묵자.

002

말은 생각하는 곳으로 날아가지 않는다

뭐 홍단? 내는 고도리다! 마!

초단

오늘은 풀때기네. 니가 이런 거 묵고 잡다고 했나? 뭐라꼬, 다이어트 중이라꼬? 운동 좋아하냐꼬? 내는 싫어한다. 스쿼트 하지 않았냐꼬? 내가 하고 싶어 했나? 조회수가 겁나 올라가는 바람에 스쿼트 1,000개를 했다. 니는 해봤어? 해봤다꼬? 니도 대단하데이. 근데, 니 이름이 머시고? 초단이라꼬? 그라몬 내는 고도리다. 초가 아이라 쵸라꼬? 쵸씨가 있나? 고르바쵸프는 있었는데 러시아에서 왔나? 성은 홍 씨라꼬? 그러몬

진작이 홍쵸단이라꼬 하지. 초단이 아이라 홍단이네. 예명이고, 본명은 홍지혜라꼬? 이름이 이쁘구마.

운동을 오래 했다꼬? 얼굴이 예쁜기 그래 안 보이는데 진짜가? 뭐라, 복싱했다고? 설마! 그 얼굴에. 좋아, 그럼. 내 손을 함 쳐 봐라. 힘껏 쳐 봐라. 개안타. 아, 아, 아. 내 손목 나갔다. 와, 진짜네. 개안타 부러지진 않은 것 같다. 복싱을 3년 했다꼬? 맞네. 전공이 운동인가베. 운동이 아이라 음악이라꼬? 또 뭘 했다꼬? 드럼을 친다꼬? 니는 주로 치는 걸 좋아하네. 타격이 취민가?

뭐한다꼬? 인터넷 방송 트위치에서 스트리밍하고, 유튜브도 한다꼬? 이번에 김계란 님이 기획하는데, 밴드 아이돌로 데뷔를 한다꼬? 드럼을 친다꼬? 데뷔하는데 뭐가 걱정이고, 그래 좋은 일에? 탁재훈? 알지. 잘 알지. 거기 유튜브에 나갔는데, 몸이 안 좋아서 얼굴이 엄청 부어 있었다꼬? 오늘도 좀 많이 부었다꼬? 탁재훈 방송에 나간 뒤로 부은 얼굴 땜시 좀 심한 악플을 마이 받아 앞으로 걱정이란 말이지. 그니까, 본인 방송에서는 이쁘게 나오는데, 왜 다른 사람 방송에 나오몬 이상하냐, 이런 말이구나.

쵸단아, 내가 드라마에서 우연히 들은 명대사 하나가 있데이. 땅에 떨어진 화살을 들어 내 가슴에 꽂지 마라. 이상한 댓글들은 볼 필요 없다. 자, 건배 함 하자. 이래 하자. 내가 "악플러들아~” 선창하몬 “니들이나 잘해라!” 이래 소리를 질러라, 알았제? 건배! 악플러들아!! 야, ×××들아? 와, 쎄다. 쵸단이 잘했다.

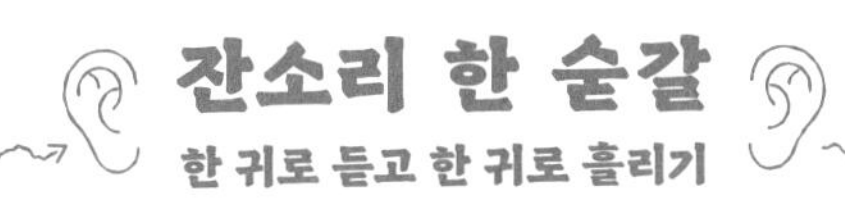

땅에_떨어진_화살

말은 날개를 가지지만, 생각하는 곳으로 날아가지는 않는다꼬 했다. 엘리엇이라는 소설가가 한 말이지만 자신도 모르게 쏟아내는 말들이 화살이 되어 남들의 가슴에 꽂혀 상처를 입힐 수 있으니 말조심해야 한다는 뜻인 기라. 말은 사람이 생각하는 곳으로 날아가지 않는데 하물며 땅에 떨어진 비난이나 악성 댓글들, 그런 화살을 들어 스스로 내 가슴에 꽂을 필요가 뭐가 있겠노? 수많은 말들이 난무하는 시대지만 하이네는 말, 그것으로 인하여 죽은 이를 무덤에서 불러내고, 산 자를 묻을 수도 있다꼬 강조한 이유가 뭐겠노? 말 한마디에 사람을 죽일 수도 살릴 수도 있다는 의미이니 얼마나 무서운 일이고? 말로 묵고사는 사람일수록 더 조심하고 더 명심해야 한데이. 또 보자.

003
청년의 실패야말로 성공의 척도다

이 shake it 또라이가?

유세윤

엄마는 잘 계시나? 우리 엄마? 그럼 느그 엄마지, 임마. 뭐 우리 엄마 얘기하겠어? 언제부터 형이 우리 엄마 걱정했다고 안부를 물어? 느그 엄마가 내 누나니까 걱정하지, 어잉. 그건 무슨 소리예요? 내 누나, 바로 위의 누나가 느그 엄마라꼬. 내가 외삼촌이지. 니는 내 조카 아이가. 내가 조카 컨셉으로 가는 거예요? 조카로 가는 게 아이고 조카잖아. 조카라고 조카. 지금 나더러 X까라고 하는 거예요? 여기서? 아니 여기서가 아이라 원래 태어날 때부터 니가 내 조카라고 조카. 야가 와이라노? 아, 여기서 X까라는 게 아니고 내가 형의 조카라고? OK, 이제 감 잡았어. 그렇게 하는 거죠? 내가 조카가 아이고 니가 내 조카라꼬. 알았어요, 형이 나의 외삼촌이라고? 형이 아이고 외삼촌이라꼬. 알았다니까.

정신 빠진 놈이라 어렵다. 또라이가? 느그 엄마가 임마니 여어 왜 보냈는지 내가 알아. 왜 보냈는데요? 맨날 하나밖에 없는 아들이 어잉. 사고만 치고 정신 못 차리고 그래 산다꼬 어잉. 누나가 어잉. 니 불러 갖고 얘기 쫌 단디 해 주라. 정신 좀 차리라 카라꼬 어잉. 그래서 니를 여 보낸 거 아이가. 그래서 뭘? 그래 가지고 니는 고등핵교 졸업하고 나서 대학을 안 가고, 맨날 싸움박질하고 경찰서만 들락달락하고, 으잉. 그러니까 느그 엄마가 걱정이 안 되나? 어디까지가 진짜인 거예요? 내도 모린다.

우짜든 빨리 군대나 가라. 난 군대 안 갈 거예요. 뭔 소리고? 나 군대 안 갈 거라고요. 그렇게 사고만 칠 거면 그냥 군대 가. 외삼촌이 나 병역 비리로 빼준다고 그랬잖아요. 이게 또라이네. 분명히 얘기해 줬잖아요. 병역 비리로 할 수 있다고. 요즘 세상이 어떤 세상인데 병역비리로 군대를 빼 미친놈아. 세상에는 다 틈새가 있다면서요. 야가 미쳤네. 내가 싸움을 누구한테 배운 줄 알아요? 누구한테 배았는데? 외삼촌이다 가르쳐줬잖아요. 해운대 완빤치라면서요? 어떻게 때려야 애들이 아파하는지 알려줬잖아요. 내가? 미칫나?

지금 저는 살고 싶은 대로 살 거예요. 정신 좀 챙기라, 정신 좀. 외삼촌이 내 인생에 이래라 저래라 하지 마세요. 느그 엄마 불쌍하지도 않나? 우리 누나가 니를 어떻게 키았는데? 어떻게 키웠는데? 어떻게? 귀하게 키웠다. 그런데 어디까지가 진짜인 거예요? 내도 모린다.

잔소리 한 숟갈

한 귀로 듣고 한 귀로 흘리기

질풍노도

몰트케라는 행님은 이런 말을 했는 기라. 청년의 실패야말로 그의 성공의 척도다. 그는 그 실패를 어떻게 생각했는가. 어떻게 처리했는가. 낙담했는가? 물러섰는가? 혹은 다시 용기를 내어 전진했는가. 그것으로써 그의 생애는 결정된다. 아프니까 청춘이란 말은 마이 들어봤지만서도 이 말은 못 들어봤제? 살다보마 와 힘든 일이 없겠노? 실패해도 용기를 내가 전진하는 기 청년의 기백인 기라. 괴테 행님은 뭐라 캤는지 아나? 청년은 가르침을 받는 것보다 자극을 받는 것을 바란다. 암만 캐도 니를 가르치는 건 어려울 끼고 낸중에 외삼촌처럼 살지 말라꼬 자극 좀 할라꼬 밥묵자 캤다. 내는 청년 때 우쨌냐꼬? 그기 와 궁금한데? 야가 내를 자극하네. 억울하마 꼰대해라. 시끄럽다 마. 밥이나 묵자.

004

크게 보고 아름답게 보라

오디션에서 뽀로로 부른 권은비

권은비

니 관상을 딱 보이 배우 아이먼 가수네. 가수라꼬? 이름이 뭐꼬? 권세 권, 은혜 은, 왕비 비를 쓰는 권은비라꼬? 권은비가 본명인가? 맞다꼬? 좋네. 니처럼 이름의 뜻꺼정 말하는 경우는 첨이야. 아주 좋았어.

요즘 다들 이상하고 요상한 가명을 많이 쓰는데. 꼰대희처럼? 니 방금 뭐, 뭐라 캤노? 꼰대희는 가명이 아이라 본명이야. 알아? 우리 할배가 지어준 본명. 대한민국 꼬깔 꼰에 배고파 38대손이야. 니는 안동 권씨 36대손? 양반이네. 니는 요즘 아들 갈지 않게 조상의 뿌리를 확실하게 알고 있고 말이야. 좋았어. 실버 레인이라고 할 수 있네. 실버 레인? 와? 그 정도 영어도 모리나? 와, 웃는데. 야, 나를 무시했어?

그런데, 은비는 뭐 땜시 여꺼정 찾아왔을까? 콘서트 때문에 왔다꼬? 내 그럴 줄 알았다. 고등학교 때부터 가수를 꿈꾸었다꼬? 춤, 노래, 오디션을 보고 회사에 들어간 기야? 회사에 들어갈 때는 무슨 노래를 불렀노? 뽀로로? 동요를 불러가 가수가 된 기야? 거참 희한하네.

앨범을 3번이나 냈다꼬? 첫 번째 앨범이 〈door〉란 말이지. 최근 신곡은 로렐라이 전설을 노래의 모티브로 삼았다 이 말이제. 하모. 아무쪼록 물귀신 작전을 써서라도 좋은 일 마이 생겼으면 좋겠구마. 응원한데이.

잔소리 한 숟갈

한 귀로 듣고 한 귀로 흘리기

동요

돌아가신 이어령 선생님은 동요의 종말 속에서 인간은 종말해 가리라고 말씀하셨다. 동요가 없는 세상을 상상해보믄 아득한 기라. 타고르는 이익에 눈 밝은 기성세계는 파괴될지언정 어린이의 세계는 깨지지 않는다꼬 말씀하셨는 기라. 기성세대인 우리는 어린이의 세계를 존중해야 하는 기라. 바슐라르는 어린애는 크게 보고 아름답게 본다꼬 말씀하셨는 기라. 어린이들의 동요나 동화가 그래서 소중한 기라. 은비의 노래에는 어린아이의 동심과 동요가 보인다이. 니는 어린애처럼 크게 보고 아름답게 보기 때문에 성공할끼라. 잔소리로 들릴지 모르지만서도 일이 안 풀릴 때 얼라들처럼 크게 보고 아름답게 보는 것도 삶의 지혜인 기라. 그렇게 우리도 순수한 마음으로 살아야 한데이. 일 보그라.

절약은 과학이고 기술이다

제발 그만 처묵고 집에 가라니까?

김준현

갈이 묵는 밥상인데, 지 앞에 있다꼬 혼자 다 무라고 놔둔 게 아닌데, 그 물김치를 혼자 다 처묵네. 무라, 무라. 오랜만에 처남 보니까 반갑네. 정신 좀 차맀다고 하드만 요즘 뭐하노? 매형, 고깃집에 갈고리 안 있나? 응응. 거기 내 정육점에서 돼지고기로 일했다아이가. 그래? 고깃집 얼굴마담으로 있었지. 보이 주까요? 뭔데? 도장 찍힌 거. 도장? 〈검〉 자를 옆구리에 팍 받았다아이가.

개그맨 김대희를 잘 안다꼬? 하모요. 밥은 잘 사주더나? 김준현이 신인일 때 김대희 선배가 밥도 사줬지, 술도 사줬지. 엄청 사줬어예. 평생 20만 원어치는 넘을 낍니더. 그라모 혹시 돈도 주더나? 개그맨 김준현한테 김대희 선배가 돈도 줬습니더. 김대희가 김준현한테 돈을 줬을 때가 〈대화가 필요해〉를 하고 있을 때였는데 완전히 수퍼스타였지예.

그러다 김대희가 지나가다가 저를 불렀습니더. 이리 와 봐. 2만 원을 탁 주면서 말했습니더. 음료수하고 캔커피하고 사람 대가리 맞차가 사와. 그러더니 남는 거 니 해. 을매나 멋있는교. 돈은 남았나? 남았습니더, 1,500원이 남아가 김대희 선배님께 가져갔습니더. 김준현 금마가 고지식하고 싸가지 없어가 선배님이 주시는 돈을 기어이 가져갔다 아입니꺼. 김대희가 뭐라캐? 김대희 선배는 처음에는 거절하다가 1,000원짜리만 싹 빼가고 500원짜리는 돌리주셨다 아입니꺼. 김준현이 금마는 또 김대희 선배가 500원 줬다꼬 감동받아가 동네방네 자랑만 하고 다녔다 그캅니더. 이거는 팩트지, 이거는 팩트. 내가 보기에 김대희 금마는 짠돌이도 아이고, 그지새끼도 아니고, X새끼라. 아입니더, 지는 김대희 선배님께 마이 배웠다 아입니꺼. 아, 짠돌이쉐이.

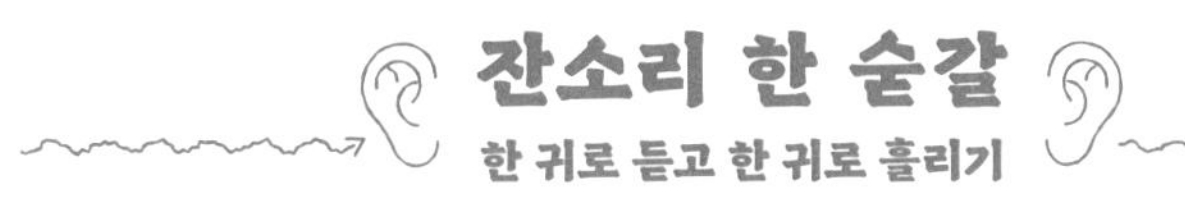

짠돌이

시루스 행님은 **절약만큼 확실한 이익의 샘은 없다**꼬 했는 기라. 모으면 남는 기고, 남으몬 이익인 기라. 못믿겠나? 내 말이 맞제? 세네카 행님은 절약에 대해 뭐라 캤는지 아나? **절약은 불필요한 비용을 피하는 과학이며, 또 신중하게 우리의 재산을 관리하는 기술이다.** 시냇물이 큰 강이 되는 법이데이. 절약은 과학이며, 기술이라는 얘기인 기라. 우리가 낭비와 사치까지는 할 형편이 못되지만서도 불확실한 미래를 대비하자면 절약을 통해 난관을 대비해야 우리의 삶에서 성공하는 기라. 잔소리로 들릴지는 모르지만서도 성현의 말씀을 들어가 손해보는 일은 없는 기라. 손해를 보지 않으마 그기 이익이 아니고 뭐겠노? 절약해야 산다, 명심하제이. 기운나게 또 밥묵자.

006

종교는 생활의 부패를 막는 향료다

형부 인상이 좋으시네요

강유미

형부도 알고 보니 인상이 참 좋으세요. 내 인상이 좋다꼬? 뭐가 풀리는 일이 없는데 인상이 좋을 리가 있나? 형부, 유튜브가 다른 사람에 비해 엄청나게 빨리 성장했잖아요. 맞다. 그래서 배 아파 하는 인간들이 마이 있어. 나쁜 놈들. 다른 사람을 욕하면 안 돼요. 그러면 형부의 기운이 자꾸 빠져나간다고요. 그라마 그놈들 칭찬하고 살아? 그럼 복을 받는단 말인가? 지금 형부 뒤에도 왠 할배가 형부를 딱 지키고 서 있네요. 할

아버지 같은데? 우리 아버지 아즉 살아 계신데? 그럼, 증조부신가? 증조부님은 돌아가셨어.

형부, 제사를 올려야 돼요. 많이 감사하면 할수록 조상님께선 더 많이 베풀어 주시는 거죠. 제사상을 차려서 그냥 소박하게 제사 올리면 되는 거예요. 저랑 같이. 막내 처제는 우리 집안 식구가 아인데 막내 처제가 와 같이 제사를 지낼라카노? 그런 걸로 치면 제가 수원역에서 제가 제사 도와드리는 분들도 다 제 가족이죠. 알았데이.

지금 민경 언니 집에 봉선 언니 와 있잖아요. 들었다 아이가. 그래서 제가 전도도 했고 봉선 언니랑 같이 지금 수원역에 다니고 있어요. 아무튼 조상님께서 형부의 그동안에 복에 대해서 굉장히 많이 기특해하고 계세요. 형부 스스로가 웃기기보다는 후배들을 챙기고 후배들이 더 먼저 웃길 수 있도록 그냥 깔아주는 역할을 많이 해주신 거 알죠. 그렇게 개그맨이 안 웃기기도 쉽지 않은데. 그렇게 했다는 것에 대해서 조상님께서 복을 주시는 거에요.

개그맨 김대희 얘기하는 거 같은데 내는 아이다, 같은 상품 아니에요? 이거 미치겠네. 아이다. 그러니까 제사를 올려야 하는 거예요. 제삿상에 들어가는 기본적인 비용이 조금 있거든요. 혹시 지금 현금 얼마 정도 융통 가능하세요? 한 3만 7,000원 정도는 있다 아이가. 그럼 뭐 있는 거라도 주세요.

3만 7,000원 갖고도 제사가 되나? 일단 좀 있는 대로 주시겠어요? 뭐 금붙이 같은 건 없으세요? 안 쓰시는 액세서리 같은 것도 괜찮은데.

뒤져보이 2만 6,000원밖에 없네, 아, 그러셨어요? 그러면 뱀이랑 약과는 뺄게요. 제가 뱀이라고 했나요? 가끔 제사상에 뱀도 올라가요. 뱀술 같은 게 고급형이죠. 조상들이 나를 이제 보살펴 준다 이거가? 앞으로 탄탄대로세요.

종교 이름은 뭐꼬? 조상님을 알자. 방금 지은 건 아니에요, 방금 지은 것 같겠지만. 조상님을 알자교? 네, 조상님을 알자교. 형부, 제가 그렇게 많이 변했어요? 어. 마이 착해졌다. 다 상제님 덕분이죠. 가르침 덕이고. 결혼은 했나? 옥상님하고 했어요. 옥황상제님요.

돈은 뭐 어떻게 좀 버나? 제사비 뜯고 하면은 한 달에 한 천 정도는 찍을 때도 있어요. 내가 준 2만 6,000원도 삥 뜯은 기가? 아유 2만 6,000원 이런 푼돈을 뜯는다고 표현하기가 좀 그렇죠. 그냥 받아주는 거죠. 200만 원은 되어야 뜯었다는 표현이 되고 이런 거 가지고 얻다 뭐 들이댈 수도 없죠. 금붙이 같은 거 진짜 없으세요?

처제는 집에 들어박히 가꼬 뭐 계속 유튜브만 한다 카던데? 맞아요. 그래서 형부가 조회수 이 정도 나오는 거 보고 너무 빡쳐가지고 ××나 뭐하는 거지? 그래서 잠깐 쉬었어요.

두 달 동안 카메라가 손에 잡히질 않더라고요. 망하실 줄 알았어요.

아, 그랬나? 제사비는 2만 6,000원밖에 못 벌어 뭐라고 보고를 드려야 될지 모르겠어요. 그래서 말씀인데 혹시 햄버거 좀 베풀어 줄 수 있을까요? 오기 전에 내한테 전화해 가지고 햄버거 네 개만 준비하라고 했제? 네. 제 주식이거든요. 햄버거 상표는 가리라. 누가 보면 오해한다. 형부 구독자 늘었다고 이제 광고도 신경 쓰시네요. 너무 같잖다. 제가 먹는 것에 다 조상님들 이제 다 돌려주십니다.

등산 가방이네. 등산 갔다 왔나? 삥 뜯으면 이것저것 넣어야 될 게 많아서 큰 가방을 들고 다녀요. 종교 활동하는 거 뭐 좋은데 새로운 직업을 한번 찾아봐라. 일본어 실력 아직 녹슬지 않았제? 녹슬었을 리가 있나요? 형부와 혼또니 스키다. 무슨 뜻이고? 형부는 개스키다. 뭐라? 우끼냐, 이 스끼야? 시킨 내가 미친놈이지.

잔소리 한 숟갈

한 귀로 듣고 한 귀로 흘리기

조상님을알자교

베이컨 행님은 이런 말을 했다 카더라, **종교는 생활의 부패를 막는 향료다.** 종교를 통해 생활을 반성하고 잘못을 깨달으몬 세상은 밝아지지 않겠나. 에머슨 행님은 또 이런 말을 했다 카더라. **한 시대의 종교는 언제나 다음 시대의 시가 된다.** 종교라는 기 각자의 선택이지만서도 개인적으로는 생활의 부패를 막는 향료이자 시대적으로는 다음 시대의 시가 된다는 점에서 중요한 기라. 광신도에 빠지모 생활이고 시대고 따질 것 없이 팽개치는 기 문제가 아이겠나. 일단 자신이 믿는 종교가 소중하마 다른 종교를 믿는 사람도 서로 존중하고 배려하자는 기 내 생각인 기라. 낸중에는 햄버거 말고 밥묵자.

007

밥 한 알이 귀신 열을 쫓는다

마지막 화

쯔양

삼촌이 소고기를 쪼매 마이 준비했다. 엄마가 집을 나갔다꼬? 와? 딸이 너무 묵는다고 나갔다꼬? 삼촌이 감당할 수 있냐꼬? 감당 몬할 건 뭐고. 니가 묵는 걸 감당할 수 있냐는 말 아이가? 삼촌이 조카 한 끼 식사 감당 몬할 정도는 아이다. 쌓아둔 소고기가 다 없어졌네. 쪼매 묵기는 하네. 계속 묵어 봐라. 이것도 묵어라. 소곱창이다. 손님 줄라꼬 냉장고에 넣어둔 것이다. 불판에 놓고 함 무라.

다 익은 것 같네. 곱창을 면맨치로 묵네. 내 냉면을 면치기로 묵는 사람은 봤는데, 곱창치기는 처음이다. 그 많던 곱창을 짜리지도 않고 그냥 줄줄이 밥통 속으로 들어갔네. 불판 위의 곱창이 금방 사라졌다 아이가. 한 달에 식비는 몇백 나오겠는데? 뭐라? 니 혼자 한 달에 500만 원? 소주도 묵나? 마이 묵으면 4병? 라면은 몇 개나 묵나? 20개? 연어도 좋아하나? 억수로 좋아한다꼬. 특별히 싫어하는 음식은 없구나. 채소는 잘 묵지 않는다꼬. 아, 못 묵는 게 있긴 하네.

자, 연어 덩어리 왔다. 크다. 칼로 살을 뜯어 묵어야 할 것 같다. 덩어리 채로 그냥 씹어 묵겄다꼬? 잘 묵네. 이번에는 초밥이다. 10인분쯤 될 것 같은데. 너그집 기둥뿌리 통째로 뽑히겄다. 엄마가 돌아오마 밥묵자 캐라. 뭐라꼬? 엄마는 니보다 더 묵는다꼬? 알았데이.

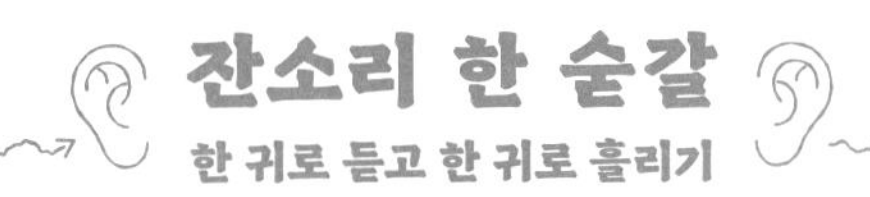

식신

우리나라 속담에 **남양 원님 굴회 마시듯**이라는 표현이 있다 카더라. 음식을 잘 먹어서 눈 깜짝할 사이에 다 먹어치운다는 뜻인 기라. 니 보마 퍼뜩 그 생각이 났는 기라. 플랭클린 행님은 **먹고 싶은 것이 피가 되고 살이 된다** 캤는데 니를 보이 다 뻥이다. 우쨌기나 우리나라 속담에 **밥 한 알이 귀신 열을 쫓는다** 카는 말이 있는데 그기 무신 뜻인지 알긌나? 몸이 쇠약해졌을 때 잘 먹어야 건강이 빨리 회복된다는 뜻인 기라. 소크라테스 행님의 유명한 말을 들은 적은 있나? **다른 사람들은 먹기 위해서 살고 나 자신은 살기 위해서 먹는다.** 잔소리 할 게 없는 기라. 잘 먹는 것도 복이지만서도 니처럼 그래 묵으면 내도 도망가고 싶구마. 내 눈에는 니가 신으로 보인데이. 마이 무라.

008

약점을 찾는 것이 마음을 조종하는 기술이다

피자와 소주가 신기루처럼 사라지는 마법

신기루

전부 피자네.

-요새는 이런 퓨전 피자가 많아요. 새우도 넣고, 뭣도 넣고, 막무가내로 넣죠. 근데 저는 이런 퓨전은 별로 좋아하지 않아요. 본연의 맛이 사라지거든요. 그런데 뭔가 기교를 부린 피자 중에 제일로 입에 맞아요.

들어 보이 피자에 대해 잘 아는 모양이네.

-그러니까 120킬로 나가죠.

묵어. 근데, 개그우먼 맞지? 이름이 뭐더라. 혹시 신지루 아인가?

–지루가 아니고 신기루입니다.

지루가 아이고 기루? 아, 신기루. 몇 학년 몇 반이고?

–4학년 3반인데요.

그럼, 내가 말을 놓을게. 입에 뭐가 묻었네. 내가 닦아줄게. 피자구나.

–먹을 것을 왜 딲아 줘요?

피자 묵으몬서 말을 자연스럽게 잘하네.

–피콜이 뭔지 아세요? 피자에는 알콜이 최고라는 뜻이에요. 피자가 있는데 알콜이 없나요?

술 좀 가 와라. 근데 우짜다가 개그우먼이 됐어?

–아버지가 사업 때문에 중국으로 간다고 해서 거기 가기 싫어서 오디션을 봤어요.

어떻게 봤노?

–음악을 듣고 있을 때, 지금 무슨 음악을 듣고 있냐고 물으면 〈고기 굽는 소리〉라고 하니까 사람들이 막 웃었어요.

오, 지금 들어도 고급스럽네. 오디션에서 본인 소개도 했나?

–네, 연기를 할 줄 모르니까 소개서를 짜서 갔어요.

어떻게 소개를 했노?

–저는 레이싱 걸이고요. 덤프나 곤도라 담당이에요.

아, 솔직한 기 신기루의 장점이고마. 남들은 살이 쪘다꼬 부끄러바 할낀데. 세상에는 신기루 니처럼 솔직한 사람이 하나라도 있어야 하는 기라. 하모하모.

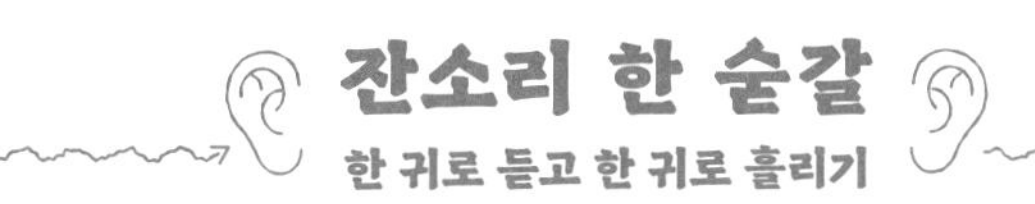

약점

자신의 약점을 강점으로 만들 줄 아는 사람은 부럽데이. 그라시안 이 모랄레스라는 사람은 **각 개인의 약점을 찾는 것이 사람들의 마음을 조종하는 기술**이라꼬 강조했는 기라. 남의 약점을 찾는 기 어렵겠노, 나의 약점을 찾는 기 어렵겠노? 사실은 나의 약점을 찾는 기 더 어려운 기라. 약점이 없는 사람은 신용할 수 없다는 말은 들어봤나? 누구나 약점이 있고, 그걸 스스로 찾는 기 쉬워 보여도 쉽지 않은 기라. 따라서 나의 약점을 찾아 강점으로 만드는 기 성공을 위한 첫걸음이데이. 그러나 주의할 점도 있는 기라. 팡세 행님은 이렇게 말했는 기라. **너는 남으로부터 호감을 받고 싶은가. 그러면 너의 장점을 남에게 말해서는 안 된다.** 니는 살이 많이 쪘다는 자신의 약점을 오히려 강조함으로써 사람들의 마음을 조종한 기라. 그러는 기 쉬운 일은 아니데이. 명심하제이.

009

꿈꾸는 힘이 없는 자는 사는 힘도 없다

위 아래 위 위 안에 밥 집어넣다 속에서 천'불이나'

이엑스아이디(솔지+ELLY+하니+혜린+정화)

잠깐, 오늘 자리가 너무 좋아 구독자들이 오해할 수 있겠다. 우리 형편이 풀린 기 아이라 오늘은 저희가 초대를 받아 여기에 왔십니더. 그리 아이소. 이제 함 묵어보자. 오늘은 육개장이네. 상갓집인가? 누가 죽었나? 근데 멤버들이 많네. 내가 너그들은 알지. 이엑스아이디 EXID, 알지. 하모하모, 알고말고. 실은 내가 팬이었어. 좀 오래 됐다. 뭐꼬? 니는 어른이 아즉 숟갈을 들지도 않았는데, 벌써 밥을 묵었네. 정말 이것들

이. 뭐라, 이 친구는 기미상궁이라꼬? 아뿔싸! 그건 내가 몰랐네. 상궁마마 죄송~

그라몬 한 명씩 소개 부탁해요. 이엑스아이디의 ELLY, 정화, 혜린, 하니, 솔지. 많아가 내가 정신이 쏙 빠진다. 다들 미인들이라 황홀하네. 꼰대도 황홀감을 느끼냐꼬? 하모, 맴은 아즉도 청춘이다.

-아버지, 혜린이가 쌈을 싸드릴게요. 멀리에서 저희들을 찾아 여기까지 오셨는데요. 제가 이 정도는 해 드려야죠. 아버지, 마늘 좋아하신다니 마늘 듬뿍 넣어 드립니다.

고맙긴 한데. 마늘을 너무 마이 넣은 거 아인지 모리겄네. 일단 입에 넣고 보자. 으억, 와 이래 맵노? 눈물이 찔끔 흐르네. 참말로 맵다.

-그 정도로 맵다고 죽지 않아요. 하나 더 드릴까요?

됐다. 니그들 정성은 충분히 느꼈다. 정성이 좀만 더 깊었다간 주둥이에 불나겄다. 그래도 맛나게 묵었다 아이가. 고맙데이. 이엑스아이디가 데뷔 10주년 기념으로 다시 활동을 재개한다꼬 기념으로다가 꼰대희가 축하하러 왔구마. 그란데 너그들은 10년 전이랑 변한 게 없네. 특히 미모는 여전하데이. 아무튼 데뷔 10주년으로 3년 만에 다시 뭉쳤다 캤는데 신곡의 제목이 뭐꼬? 불이나? 제목이 〈불이나〉? 알았다.

평소에 궁금했는데, 그룹명 EXID는 무신 뜻이고? 꿈을 넘어서라? Exceed In Dreaming의 약자다 그 말이가? 오, 다시 들어도 새롭네. 데뷔 10주년을 축하하고, 데뷔 20주년이 될 때 또 꼰대희 채널에 나오그래이. 잉? 반응들이 와 그라노? 뭐라 카노? 그때까지 내가 살아 있겠냐꼬? 시끄럽다 마!

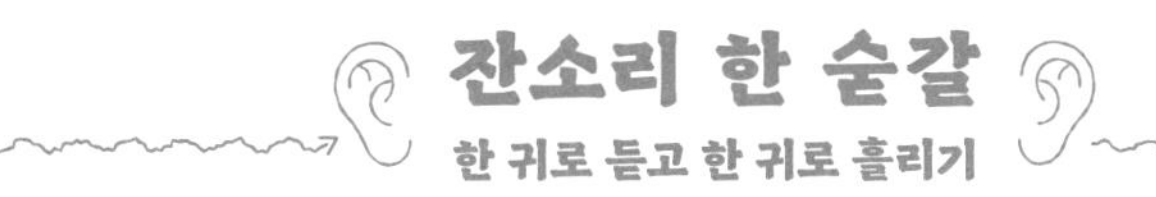

꿈

우리나라 속담에 **꿈보다 해몽이 좋다**는 말이 있는 기라. 좋고 나쁜 것은 풀이하기에 달렸다는 뜻인 기라. 마음먹기에 따라 사람은 성공도 하고 실패도 한다는 의미도 있는 기라. 꿈을 꿀 뿐만 아니라 꿈을 넘어서려는 마음가짐이 있으마 두려울 것이 없는 기라. 롤러라는 사람은 **꿈꾸는 힘이 없는 자는 사는 힘도 없다**꼬 했는 기라. 나이를 떠나 늙은이도 꿈을 꾸는 힘이 세상을 이겨내는 힘이란 뜻이 아니고 뭐겠노? 1년도 버티기 힘든 그룹이 10년 동안 달려왔으마 그것은 보통 일이 아닌 기라. 이 나라의 음악사에 길이 남을 역사인 기라. 팀의 이름이 그걸 증명하고 있데이. 꿈보다 해몽이 좋제? 밥묵자.

010

악화는 양화를 구축한다

〈카지노〉의 존이 왜 여기서 나와?

김민

와 게스트가 없어? 좀 기다려 보라꼬? 누가 올 낀데? 손님을 기다리기는 첨이네. 부산 해운대라 멀어 시간이 좀 걸리나? 뭐야? 누구냐? 영어로 하잖아. 외국인인가? 통역 있나? 있겠지? 근데 한국말을 하잖아. 약간 더듬거리네. 한국에 살다가 어릴 적에 이민 갔나? 단어가 잘 생각나질 않는다꼬? 우쨌든 한국말은 하네. 딱 보이 나이는 내보다 훨씬 적을 것 같은데. 이름은 뭐꼬? 김민이라꼬? 직업이 뭐꼬? 배우, 연극배우? 한국에서 영화 개봉하나?

당신이 〈카지노〉에 나왔다꼬? 딜러인가? 한국 드라마 〈카지노〉? 혹시 최민식 배우 나왔던 그 〈카지노〉를 말하는 기가? 나 그 드라마 봤는데? 맞다. 거기 나왔던 필리핀 배우. 근데 국적이 필리핀이 아인 모양이네. 나는 외국 배우를 불러 찍은 줄 알았네.

뭐라? 한국 동두천에서 살았다꼬? 근데 한국말 와 이리 어설프노? 좋아. 일단 나이가 우찌 돼노? 몇 학년 몇 반이냐꼬? 몰라? How old are you? 응, 42살이라꼬? 4학년 2반이란 말이지. 그럼, 몇 살 때 외국에 나갔노? 29살 때? 뭐라? 에라이, ××야. 한국에서 30년 가까이 살았는데, 한국말을 잊었다꼬? 29살에 외국 갔으면 외국에서 13년밖에 안 살았는데, 한국말을 잊었다꼬? 넌 좀 맞으몬 한국말 기억날 끼다.

알았다꼬? 이제 한국말 잘하네. 아주 유창하네. 근데 우짜다가 외국으로 나갔노? 건축 공부 하러 갔다꼬? 건축은 어디서 배웠는데? 한국에서 배웠다꼬? 한국 어디에서 배웠어? 의공? 의공이 어데고? 의정부공업고등학교? 에라이, 한국에서 고등학교꺼정 댕깄는데 우리 말을 못 한다고 뻥을 치노.

건축 공부를 할라꼬 영국으로 갔다꼬? 그곳에서 다시 뉴질랜드로 가게 됐고. 그러다가 〈카지노〉에 한국 사람이라 캐스팅됐구나. 〈올드 보이〉 최민식 배우랑 연기를 했다꼬? 그

배우 엄청난 배우라꼬? 엄청나지! 한국에서 있을 때 영화 〈올드 보이〉를 봤다꼬? 그때 알았지만 같이 연기를 해보이 사람이 너무 좋더라꼬? 민식 형님이랑 〈밥묵자〉 한번 같이 해야 하는데. PD야, 최민식 배우 밥 함 묵자 캐라. 뭐라? 전화를 안 받는다꼬? 받을 때까지 해 봐야지 우야겠노. 인생은 도박인 기라. 하모하모.

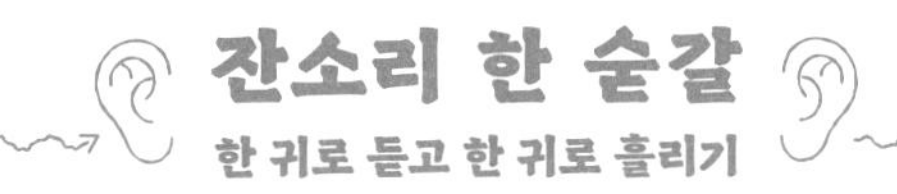

돈

드라마 〈카지노〉는 돈과 욕망에 빠진 사람들의 이야기인 기라. 재미있게 봤지만서도 한탕주의가 사람을 을매나 망가뜨리는지 보여주고 있는 기라. 그레샴의 법칙이라는 말은 들어봤제? **악화는 양화를 구축한다**는 말이데이. 쉬운 말로 나쁜 돈이 좋은 돈을 몰아낸다는 뜻인 기라. 더 쉬운 말로 하면 돈을 많이 따겠다는 나쁜 마음과 욕심이 생기마 오락으로 즐기겠다는 좋은 마음이 사라져 쫄딱 망하는 기라. 우리나라 속담에는 이런 말이 있는 기라. **돈 나는 모퉁이 죽는 모퉁이**라는 말이 있는데 무슨 뜻인지 알긌나? 세상에서 돈 벌기가 가장 어려운 일이라는 뜻인 기라. 영국 속담에는 이런 표현이 있는 기라. **Better gold than God.** 돈이라면 신도 웃는다는 뜻이데이. 돈은 벌어야 한데이. 문제는 정직하게 벌어야 탈이 없는 기라. 도박으로 돈 번 사람들은 도박으로 망한데이. 명심해라.

0 1 1

용모는 결코 거짓말을 하지 않는다

선홍빛 잇몸 vs 선홍빛 태백 한우

오지헌

니 오지헌이 맞제? 내는 김대희가 아이라니까. 내는 꼬깔 꼰씨의 꼰대희다. 공갈 그만하라꼬? 이 자슥이 미칬나? 내가 미칬다꼬? 오지헌! 참 환장하겠네. 니가 미칬다!

"대희 형, 그만하고 김대희로 돌아와. 그러다가 정신분열 걸린다."

니 한동안 대희 못 만났지? 못 본 지 제법 됐다꼬? 그라니까 착각하지. 내캉 대희캉은 쪼매 닮은 구석이 있지만서도 둘은 엄연히 다린 사람인 기라. 알겠나? 꼰대희냐, 김대희냐 이것이 문제로다.

그런 문제는 고만 얘기하고, 오랜만인데, 재미난 얘기나 하자. 니는 언제 봐도 못생겼다. 못생겼는데, 뭐라고 할까. 탱크 같은 느낌? 형이 잘생겼다고 유세하는 거냐꼬? 임마, 내가 뭘 생겼다꼬 그라냐? 잘생기긴 김대희가 잘 생겼지.

"인정!"

뭐라, 인정? 개그맨이 잘생기몬 뭐하노. 니처럼 개성 있게 생기야지. 니 고향이 강원도인가? 할아버지가 사북이라 안 했나? 뭐라, 니 고향이 청담동이라꼬? 서울 강남에 청담동 말이가? 니 얼굴이랑 청담동이랑 도대체 매치가 안 되는데. 사람들한테 그런 말 마이 들었제? 세상에 너처럼 덜 강남처럼 생긴 얼굴도 찾기 힘들 거인데.

"형님, 저랑 박준형 형이랑 옥동자 종철이 형이랑 성형외과를 간 적이 있었어. 견적을 받아보려고. 잘생긴 얼굴이 되려면 돈이 얼마나 드나 셋이서 견적을 비교했어. 근데 옥동자가 3,500만 원인가 나온 거야. 준형이 형이 2,000만 원인가 나왔어. 내가 1,200만 원 나왔고. 그때 준형이 형이 분노한 거야. 지헌이가 더 못생겼는데, 왜 그러냐고? 성형외과 의사가 하는 말이 오지헌 씨는 뼈가 이쁘다고 했어. 뼈그맨이야. 뼈가 이쁘니까 뼈를 건들지 않아도 된다. 뼈를 건들면 돈이 많이 든다는 거야."

나는 코만 1,200입니다. 그럴 줄 알았는데.

"그거 웃자고 하는 소리지? 근래에 들은 외모 비하 중에서 젤 기분 나쁘네."

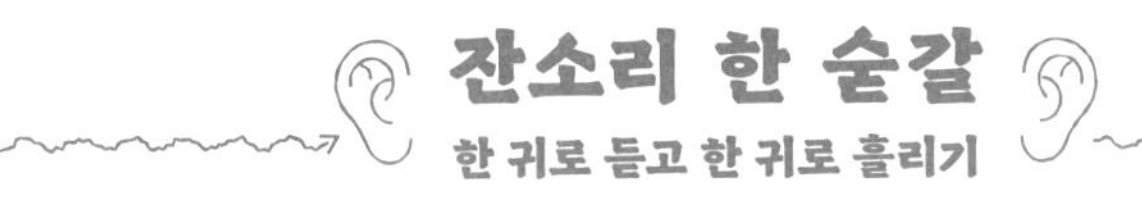

외모비하

발자크는 이런 말을 했는 기라. **용모는 결코 거짓말을 하지 않는다**. 욕인지 칭찬인지 모르겠데이. 구약성서에는 **외모가 훌륭하다고 사람을 칭찬하지 말고, 외모가 볼품없다고 경멸하지 말아라**라꼬 강조하고 있데이. 이 말은 그래도 교훈이 있제? 우리나라 속담에는 **보기 좋은 떡이 먹기 좋다**꼬 했는 기라. 겉모양이 좋으면 내용도 좋다는 얘기가 아이겠나. 외모에 대한 여러 말이 있지만서도 내는 니를 보마 착한 사람이란 걸 대번에 안데이. 니의 그 선홍빛 잇몸을 보마 마음이 착해진데이. 세상사 착하모 됐제 뭘 더 바라겠노? 뭐라꼬? 근래 들어와가 들은 외모 비하 중에서 두 번째로 기분 나쁜 말이라꼬? 알았다. 미안하데이. 밥이나 묵자.

상처 없는 인생은 없다

300만 배우 vs 조회수 3만 배우

박경혜

양식 좋아한다고 해 준비했심니더. 근데 와 이래 요란하게 차리쌌노. 우리 형편에 비해 너무 마이 준비한 거 아인지 모리겄네. 나 혼자 구시렁거린 말이니까 신경 쓰지 마이소. 이름이 우찌 됩니꺼? 박갱해라꼬예? 갱혜가 아이라 경혜라꼬요? 박경혜. 알겄심니더. 갱해.

학년과 반은? 3학년 0반이라꼬? 거의 딸 뻘이네. 말은 놓겄심니더. 댁은 뭘 하는지? 오, 배우라꼬? 건배사 함 하자.

"8월 17일 〈리미트〉 한계는 없다! 파이팅!"

뭐야? 이번에 개봉하는 영화라꼬? 그 영화 홍보하러 나왔네. 영화에 나오는 배우는 누구누구인가? 문정희, 이정현, 진서연, 최덕문 등등이라꼬? 마이 나오네. 내용이 뭐꼬?

"그 영화로 말할 것 같으면… 잠깐만 갖고 온 원고를 좀 보면서…."

진짜 원고를 들고 왔네. 그럼, 보고 읽어야지. 필요한 분들은 인터넷 함 찾아보고. 박경혜의 대표작은 우찌 되나? 최근작 조인성 씨가 나오는 〈모가디슈〉라꼬? 거기서 뭐 했는데? 통역을 담당하는 사무관 역할이었다꼬? 아, 기억났다. 〈모가디슈〉에서 한국대사관 직원. 그 영화에서 명대사가 있잖아.

"명대사가…."

됐고. 그럼 데뷔작이 뭐꼬? 2011년 〈애드벌룬〉이란 단편영화라꼬? 2011년이면 니 몇 살이었노?

"그때 나이가…."

19살이었잖아. 내도 계산이 되는데. 고등학교 때 영화를 찍었네. 그럼, 대학 때는 무신 영화 찍었노?

"그게 뭐냐면…."

생각하는 데 시간이 엄청 마이 걸리네. 출연했던 영화는 몇 편 정도 돼노?

"그게…."

알았다. 그러면 기억나는 작품이나 알 만한 드라마가 있으면 말해 봐라. 〈도깨비〉에 출연했다꼬? 〈도깨비〉는 내가 본 유일한 드라마인데. 아, 맞다. 처녀귀신! 〈도깨비〉에서 처녀귀신으로 나왔구나. 진짜 귀신인 줄 알았다. 니 인생 최고의 영화는 뭐냐?

"〈라 비 앙 로즈〉라는 영화가 있어요."

〈라 비 앙 로즈〉 맞나?

"네. 마리옹 코티야르라는 배우가 주연을 맡았는데, 제가 그 배우의 열렬한 팬입니다. 잠깐만 네이버에서 찾아보고 알려 드리겠습니다."

"됐다. 고마 각자 찾아보자."

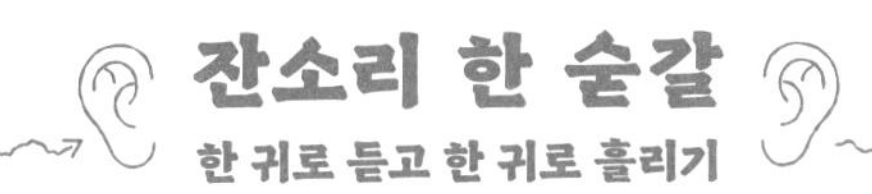

장밋빛_인생

영화 〈라 비 앙 로즈〉를 살펴봤드이만 '장밋빛 인생'이라는 뜻이 있다 카더라. 샹송의 여왕 에디트 피아프가 부른 노래 제목이라 카데. 니캉 내캉 아름다운 인생을 꿈꾸지만서도 늘 상처가 있는 법이데이. **가시 없는 장미는 없다**는 말은 들어봤제? 사람이 겉으로 좋고 훌륭하게 보여도 남을 해롭게 할 수 있는 요소가 있다는 비유로도 쓰이는 기라. 그러나 내게는 **상처 없는 인생은 없다**는 말로도 들린데이. 사람들이 개그맨 중에서 가장 못 웃기는 개그맨으로 김대희를 뽑는다 카더라. 김대희라꼬 와 상처가 없겠노. 금마만 생각하믄 걱정이 태산이데이. 어렵고 힘들고 상처가 생겨도 배우로서 장밋빛 인생을 살 수 있기를 진심으로 바란데이. 밥묵자.

013

오해는 역사를 만들어 낸다

어서 와, 꼰대희는 처음이지?

이승철

아, 이래 유명한 분이 여길 나온 걸 보니, 콘서트 홍보하러 왔구나. 급하나 보네, 천하의 이승철이 이런 데를 다 나오고. 더구나 부산꺼정. 세상이 예전 같지 않네예. 그란데 승철 씨캉 사진 한 방 박아도 돼요? 뭐라꼬요? 내가 승철 씨를 빨아줄 거라꼬! 뷰!! 하!! 승철 씨 밥알이 내 얼굴로 튀었어요. 내가 승철 씨 콘서트라몬 얼마든지 빨아줄 수 있는데, 남이 묵든 음식은 잘 못 빨아예.

밥묵자 컨셉이 가끔 밥알이 튀어 난감한 경우가 좀 있어예. 하여간 제가 승철 씨 엄청난 팬입니더. 근데 승철 씨 나이가 우찌 돼요? 데뷔한 지 38년이라꼬예? 참, 노래 오래했네. 데뷔는 19살 때 했다꼬예? 올해 57인가? 5학년 7반이네. 아니, 세상에 만상에, 너무 젊어 보이네예. 피부가 탱탱하네예. 보톡스 맞았나? 완전 자연산이라꼬예?

반주? 반주 없이 우찌 밥을 묵냐꼬요? 60년대생다운 말이네. 60년대생이 이래 잘 맞아. 반주 없이 밥 못 묵지! 야들아, 여 술 갖고 온나. 내가 이승철 씨한테 술을 다 받고. 꼰대희가 대박이 났다고예? 아입니더. 건배하죠. 높이 들어라, 술잔을! 꼰대희의 1억 뷰를 위해서!

뭐라꼬예? 부산에 오몬 여기를 나와야, 대박이 난다꼬예? 벌써 소문이 다 퍼졌다꼬예? 꼰대희 안 나오는 사람은 감각이 없다꼬예? 맞심니다. 참말로 맞는 말입니더. 나훈아 선생님이 여 나올라꼬, 부산에 온단 소문이 있다꼬예? 그런 소문을 누구한테서 들었다꼬예? 연예인들이 쑥덕거려 쌓더라꼬예? 승철 씨한테만 알려드릴 게예. 나훈아 선생님이 여 온다고 연락이 왔어예. 그건 비밀입니더. 어흠, 어흐음. 헛소문을 퍼뜨린 걸 우찌 알았심니꺼? 그냥 함 찔러본 거라꼬예.

우짜든 나훈아 선생님 만나몬 꼰대희가 유튜브 방송 장비 들고 선생님 집에 함 찾아가몬 안 되겠는지 물어봐 주이소. 콘서트는 책임지고 마감시켜 드릴 게예. 뭐라꼬요? 벌써 마감됐다고예? 그라몬 여 와 나왔어예? 마감되어 하루 더 연장했는데, 그 표가 쪼매 남았어예? 그 표를 제가 책임질 테니께 부탁합니더. 승철 씨 주옥 같은 노래를 생각하몬 가슴이 벌렁거립니더. 그 유명한 노래 있잖아예. 최신곡 〈가시버시〉. 뭐라꼬예? 그건 나훈아 곡이라꼬예? 미안합니데이.

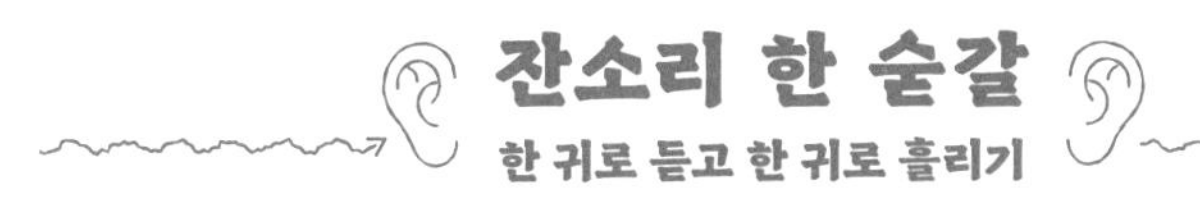

오해

우리 속담에 **매를 꿩으로 본다**는 말이 있습니더. 사나운 사람을 순하게 보았다는 말이지예. 내가 그짝이네예. 우짜든 **오해는 역사를 만들어 낸다**는 말도 있습니더. 때로는 오해도 필요합니더. 우리나라 속담에 **달기는 엿집 할머니 손가락이다**카는 말은 들어보셨는교? 엿을 파는 엿집 할머니의 손가락까지도 안다는 뜻이니 무슨 일에 너무 정신이 혹하여 좋아하게 되면 나쁜 것은 안 보이고 좋은 것만 보인다는 의미입니더. 오해도 때로는 삶의 지혜라는 말에 동의하십니꺼? 살피 가이소.

014

고향이란 영혼이 안주할 수 있는 장소다

나 지금 떨고 있니?

이범수 × 이준혁

오늘은 두 분이 나오셨네요. 반갑습니더. 내 두 분 다 잘 알지. 김범수 씨와 양준혁 씨 맞지요? 김범수 씨, 지가 팬입니더. 김범수는 가수 아이냐고예? 맞다. 김범수는 가수지예. 그럼, 그쪽은 가수가 아이라 배우지예? 맞다. 죄송함니더. 김범수가 아이라 이범수라꼬예? 내가 60 고개를 넘어가니까네 쪼매 딸리네. 남의 족보를 바꿔 실례했십니더. 이범수 씨는 5학년 2반이고 고향은 청주라고예? 이쪽은 양준혁 씨죠? 양준혁은 야구선수고, 이준혁은 배우라고예? 오늘 마이 헷갈리네. 기억이 가물가물하고, 맘뿐이네. 이준혁 씨도 두 명이라고예? 젊고 잘생긴 이준혁, 나이 먹어 약간 하자가 있는 이준혁이 있는데 당신은 후자라꼬예? 5학년 1반, 고향은 서울? 알겠습니데이.

그란데 오늘은 밥이 아이라 빵이네. 빵이 좀 젖어 있다꼬요? 혹시 눈물 젖은 빵 묵어 봤어예? 뭐라꼬요? 범수 씨 아바이가 〈눈물 젖은 두만강〉 노래를 무척 좋아했다꼬요? 빵이랑 두만강이랑 무신 관계가 있는지 모리겄지만도 빵을 묵으몬서 얘기하지예.

"꼰대희 선생님, 오징어 게임에 나온 허성태란 배우 아시죠, 그 사람 눈매랑 많이 닮았단 얘기 안 들었어요?"

예전에 천호진 씨 닮았단 얘기는 마이 들었지예. 그라고 20대 때는 이병헌 씨 닮았단 얘기를 참으로 마이 들었으예. 와 그라십니꺼? 갑자기 얼굴색이 변하네예. 김대희 씨 아냐고예? 갸는 내가 잘 알지예. 하지만 그 친구 얘기는 가능한 피하는데예. 뭐라꼬예? 김대희랑 영화를 찍었다고예? 갸 출세했네. 영화를 다 찍고. 영화 제목이 〈컴백홈〉이라꼬요? 개그맨도 나오고, 송새벽, 라미란, 이범수, 이준혁, 이경영 씨 등이 나온다꼬예? 휴먼 드라마로 다시 제 자리로 돌아온단 뜻이라꼬예? 무척 감동적인 영화겠네예.

개그맨 김대희, 김준호, 김지민 씨도 나온다꼬예? 참말인교? 김준호, 김지민이 둘이 요즘 사귄다카더마 동반 출연했네. 그란데 김대희가 왜 출연했지? 2+1인가? 갸가 영화 출연하몬 영화를 망칠 긴데. 걱정이네. 아마 다른 것은 아이고, 출연료 때문에 김대희가 캐스팅된 것 같다고예? 제작비가 많지 않았던 모양이더라꼬예. 알겄십니더. 응원합니데이.

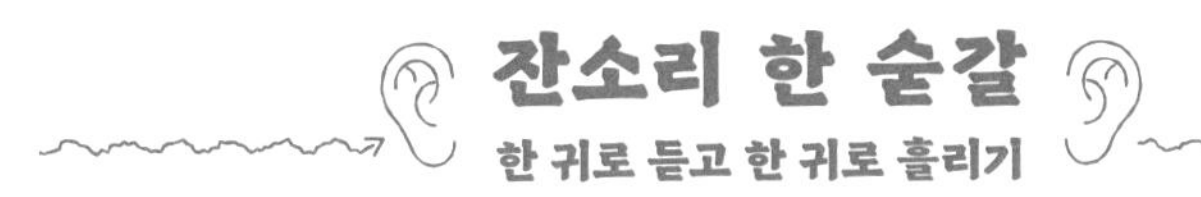

컴백홈

우리나라 속담에 **살아가면 고향**이라는 말이 있다꼬 합니데이. 정들면 어디든 고향이란 말이 맞겠지예. 살아가면 고향인데 지역갈등을 부추기는 사람들은 참 고약합니더. 소설가 강석경은 **고향이란 육신이 태어난 물리적 장소가 아니라 영혼이 안주할 수 있는 장소다**라꼬 했다 캅니더. 아름다운 말이라꼬 생각합니더. 사람에게는 태어난 장소도 중요하지만서도 그것보다는 영혼이 마음 편하게 쉴 수 있는 곳이 고향이라는 뜻이겠지예. 영화든, 드라마든, 개그든 각자 마음의 고향으로 〈컴백홈〉 해 가 마음 편하게 사십시데이. 그곳이 태어난 곳이 아니면 어떻습니꺼. 마음이 편하믄 고향이지예. 민족화합의 시대를 열어갑시데이. 언제 또 밥 한번 묵읍시데이. 잘 드가이소.

015

강한 장군 밑에 약한 병정 없다

말년에 꼰대희 출연이라니 이런 제엔자앙!

최종훈

오늘은 부대찌개네. 당신 누구요? 〈푸른 거탑〉 아냐꼬요? tvN 군대 시트콤? 유명했잖아. 혹시 〈동작 그만〉과 헷갈리는 거 아이냐꼬? 맞다. 〈동작 그만〉이라고 있었지요. 둘이 좀 헷갈릴 수도 있겠네. 그나저나 나이는 우찌 되시남? 4학년 4반이라꼬요? 나랑 한참 차이 나네. 말을 놓아도 되겠네. 안 된다꼬요? 참나, 또 이렇게 나오는 경우는 첨이네예.

부대찌개 묵고 빨리 보내야지. 아니야, 혼자 구시렁거린 거야. 그냥 피곤하니까 빨리 진행하자꼬? 그냥 가겠다꼬요? 안 되예. 안 됩니더. 갑자기 말을 높인다꼬요? 가더라도 분량은 채워주고 가야지예. 이렇게 떠나몬 우리 입장이 곤란합니더. 요즘 사람 섭외하기도 힘들어예. 그럴 줄 알았다꼬요? 근데 이름이 우찌 돼요? 맞다. 이종훈. 최종훈이라꼬요? 그래 알지. 이종훈. 그냥 가겠다꼬요? 와 이래예. 웃자고 해본 말인데예. 김종훈.

그래, 이름이 박종훈이라꼬? 알아. 최종훈. 이제 생각났어. 배우잖아. 내가 니 생각나서 불렀다아이가. 나이들몬 이름을 까묵는 건 다반사야. 니도 환갑되몬 알끼다. 참, 니는 우짜다가 배우가 됐노? 입시도 떨어지고 배우의 꿈을 갖고 서울에 왔다가 뭐가 잘되지 않았구마. 그래서? 의경으로 갔다꼬? 제대하고 우연히 KBS FD를 하게 됐구나. 그러다가 개그맨이 됐고, 이후 연기자가 돼야겠다고 생각했어? 그러다가 대타로 대본 리딩하다가 〈푸른 거탑〉에 캐스팅 됐다꼬? 원래 배역보다 니가 잘해 가 역할을 맡은 거잖아. 참 희한한 케이스다. 말년 병장 연기가 그래 시작됐구나. 뭐라? 피디에게 배역 좀 맡게 도와달라고 하니까 뭐라캐? 내가 뭐 도울 게 있나? 하늘이 도우면 몰라도?

요즘 우찌 사노? 부업을 한다꼬? 무신 일을 하는데? 일급 자동차공업사에서 일하고 있다꼬? 사고수리, 일반수리,

보험수리? 견적 상담도 배우고 있다꼬. 3년 정도 돼야 제대로 일을 할 수 있는데, 아직 2년 정도밖에 되지 않았어? 대표님이 겸업을 할 수 있도록 배려해 주었다 이 말이가? 그래서 가끔이라도 연기할 수 있다꼬? 오늘도 꼰대희에서 촬영이 있다니까 허락해 줬단 말이지. 그 사장님을 불렀어야 했는데, 잘못 불렀네. 최종훈이 진짜로 김포공업사에서 일한답니더, 김포 쪽에 사시는 분, 혹은 차에 이상이 있는 분들은 꼭 들러주이소.

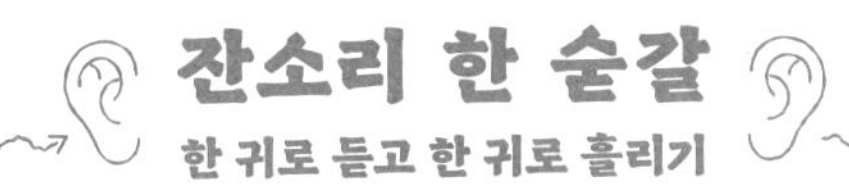

군대

군대를 소재로 한 드라마 〈푸른 거탑〉에서 종훈이의 존재감이 커보였지만서도 성실하게 살아가는 지금의 모습에서도 니의 존재감이 커보인다 아이가. 대한민국 남자라카믄 당연히 군대를 갔다와야 강해지지만서도 생활 속에서 성실한 니를 보마 후배지만 존경스럽데이. 니를 생활 속의 용장이라 부르고 싶고마. 성인 말씀에 강한 장군 밑에 약한 병정 없다 카더라. 시드니라는 사람은 용장은 뿌리와 같은 것으로 거기서부터 가지가 되어 용감한 병졸이 나온다라꼬 강조했다 카더라. 생활전선에서 용맹한 니를 보마 고맙고 감사하데이. 우짜면 군대가 니를 그래 용맹하게 키왔는지도 모르겠데이. 니는 내보다 훨씬 강하데이. 강하게 커가 성공한 배우가 되기를 기원한데이. 충성!

귀신도 빌면 듣는다

걸스, 대희

방민아

이름이 박민숙이라꼬? 어디 박씨고? 온양 박씨라꼬? 그런 박씨도 있나? 온양 방씨? 아, 어린이날을 제정하신 방정환 선생님의 방씨라꼬? 그래? 와 나한테 삼촌이라고 해쌌노? 엄마가 은희 누나야? 은희 누나 딸이구나. 이제 기억났다아이가. 내, 가족들하고 담쌓고 산 지 좀 오래됐지. 연락을 안 하고 지냈어. 그래가 15년 동안 가게 한 번도 안 들른 거냐고? 아니 30년 됐을 끼라. 내가 초대했냐꼬? 내가 언제 초대했어, 네가 찾아왔지. 방 씨 중에 훌륭한 분이 누가 있노? 잘 몰라? 훌륭한 분이 있잖아. 방시혁! 아, 그쪽 가문이 아이야? 아님, 말고.

지금 니는 뭐하노? 배우야? 영화도 하고? 상도 받았다꼬? 무슨 상? 데뷔 12년 만에 신인상을 받았어? 놀랍고마. 잘한 기라. 데뷔하고 12년 만에 신인상을 받았다는 기는 포기하지 않고 끊임없이 노력했다는 방증인 기라. 전에는 가수도 했어? 그래? 걸그룹이었다꼬? 걸그룹 이름이 뭐꼬? 걸스데이? 나는 꼰대희데이. 와 자존심이 상하노? 안 웃겼는데 괜히 웃었다꼬? 뭐라카노!

여가 터가 이상하냐꼬? 모르지 나도. 저번에 이수근 씨와 가지고 막 갑자기 숨이 안 쉬어진다고 뛰쳐나가긴 했는데. 근데 뭔가 좀 그렇긴 뭐가 그래? 귀신? 와 분위기를 그렇게 몰아가노? 귀신 같은 게 보이는 능력 같은 게 있나? 능력은 아닌데, 본 적도 있고 느낀 적도 있어? 걸스데이 멤버들이랑 2층 침대를 썼는데 언니는 1층에서 자고 니는 2층에서 잤다꼬? 그래서? 니는 귀신이 2층 침대로 올라오는 꿈을 꾸고, 언니 멤버는 2층에서 시끄럽게 떠들던 귀신이 1층으로 내려오는 꿈을 동시에 꿨다꼬? 근데 행색이 똑같은 귀신이었어? 아이고, 무섭데이.

그 얘기 말고 이제 하고 싶은 얘기 없나? 오늘 재미가 없는 것 같다꼬? 재밌었어. 아우, 재밌었어. 우리 피디 양반들이랑 다 웃었잖아. 니네 매니저 아저씨 빼고는 다 웃었어. 충분히 재미있었으니까 걱정하지 마. 나를 믿어요. 뭐라꼬? 재미없는 사람을 어떻게 믿냐꼬? 시끄럽다 마!

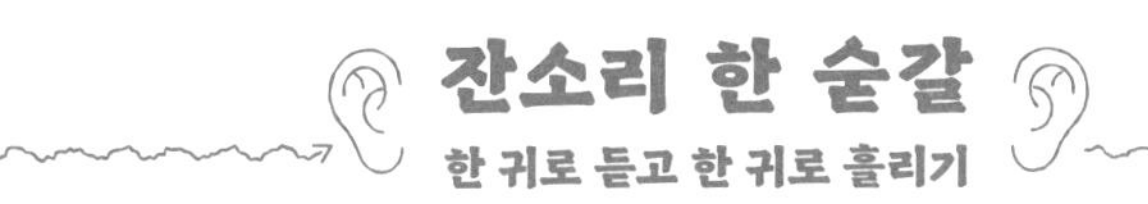

귀신

데뷔하고 12년 만에 신인상을 받았다카믄 그야말로 노력의 결과인 기라. 대기만성이야말로 진정한 성공인 기라. 평생 대기만 하다가 성공을 못한 사람도 얼마든지 있다. 잘했데이. 우리나라 속담에 **귀신도 빌면 듣는다**는 말이 있는 기라. 관용을 가지라는 뜻인 기라. 귀신 얘기가 나온 김에 이런 말은 들어봤나? 우리나라 격언에 **귀신 씨나락 까먹는 소리**라는 표현을 쓰는데 무슨 뜻인지 알겠나? 이치에 닿지 않거나 알아듣지 못하게 중얼거리는 소리를 빈정거리는 말인 기라. 꿈에 귀신이 보인다꼬 겁먹지 말고, 지금보다 더 인기가 높은 배우가 되고, 훌륭한 가수가 되마 관용을 베풀어 후배들을 챙기라. 알긌제? 뭐라꼬? 관용을 베풀어 가 후배한테 4천만 땡기달라꼬? 됐다 마! 어데서 귀신 씨나락 까먹는 소리를 하고 있노. 밥이나 묵자.

017

뒤쫓는 자가 있으면 사자 같은 용기가 생긴다

나를 밥묵게 하는 사람들

김경호

머리카락이 긴 가수 맞지요? 근데 누구시더라. 이게 누구야, 김종서 아이가. 아인가? 아참, 박완규가? 아인가? 아하, 김갱호 씨! 갱호가 아이라, 경호라꼬예? 맞아, 갱호. 고마 갱호로 하이소. 갱호나 경호나 비슷한 거 아입니꺼. 맞지예? 다들 머리카락이 기니까 헷갈리가꼬. 근데 갱호 씨는 5학년이죠? 71년생이라꼬예? 그라몬 5학년 3반이네. 내가 6학년이니까. 내는 갱호 씨가 나이를 마이 묵었다고 생각했지. 워낙 티비에 오래전부터 나왔으니까. 내년이 데뷔 30주년이라꼬예? 와, 오래됐네. 와, 반갑다. 내가 이런 노장의 가수를 달맞이고개 꺼정 부리고. 세상 오래 살고 볼 일이야.

갱호 씨, 그냥 편하게 하몬 대. 뭐라꼬요? 우리 갱호 씨도 내 구독자라꼬요? 뭐라? 내 하는 것 보고, 당신도 유튜브 방송을 하게 됐다꼬요? 아무나 하는 거구나. 아무나 해도 100만도 가고, 200만도 가고, 우짜다 보면 500만도 가는구나. 그런 생각이 들더라꼬요? 근데, 이게 쉽지 않아예. 우짜든 내가 100만 되는 거 보고, 갱호 씨도 용기를 얻었다 카이 다행은 다행인 기라.

용기

전 세계가 공정하다면 용기가 필요없다는 말이 있습니더. 세상은 공정하지 못하다는 말이겠지예. 내 유튜브를 보고서 갱호 씨도 유튜브를 할 용기가 생겼다는 말을 들으니까네 다행이라는 생각도 들지만서도 또 한편으로는 용기란 무엇인가 다시 생각하게 된다, 그 말입니더. 아스투리아스는 이런 말을 했다꼬 합니더. **뒤쫓는 자가 있으면 사자 같은 용기가 생기는 법이다**. 나를 따라잡겠다고 뒤쫓아오니까네 내도 사자 같은 용기가 생긴다 그 말입니더. 실러라는 사람은 **신은 용기 있는 자를 찾아온다**꼬 강조했다 캅니더. 세상사가 풀리지 않을 때 우리에게 필요한 기 뭐겠습니꺼? 바로 용기입니더. 우리 서로 용기를 내가 파이팅하입시더.

018

별은 반딧불로 보임을 두려워하지 않는다

STAYC 그리고 아저C

시은 × 윤

떡보쌈? 떡과 보쌈을 함께 묵는 거야? 당신들은 누구야? 스테이씨라꼬? 이름이 독특하네. 이름이 아이라 그룹 이름이 스테이씨라꼬? 멤버가 둘이가? 원래 6명이라꼬? 수민, 시은, 아이사, 세은, 윤, 재이? 스테이씨가 무신 말이고? Star To A Young Culture라꼬? 또 그건 뭔 뜻이고? 젊은 문화를 이끄는 스타? 아, 그라몬 됐네. 느그들 오늘 잘 나왔데이. 내가 이 채널을 처음 시작한 게 젊은 문화를 알아보려고 시작한 기다.

근데 느그들이 젊은 문화를 이끄는 리더? 아, 스타라꼬? 지 입으로 스타라고 얘기해도 되나?

근데 이름이 우찌 되노? 박시은이고, 2학년 3반? 니는 심자윤이고 2학년 0반이라꼬? 이름 이쁘네. 다른 아들은 각자 다른 스케줄이 있고, 오늘도 너그들 둘만 나왔다꼬? 실은 내가 다른 아들은 오지 말라 캤어. 집구석이 좁잖아. 뭔가 어색할 것 같은데, 왠지 괜찮다꼬? 와 그런지 모르겠다꼬? 아마 꼰대희 삼촌이 김대희랑 닮아 그런 것 같다꼬? 이제 김대희랑 닮았단 얘기는 지겹다 아이가. 지겨운 정도가 진저리가 날 정도인데. 지겹단 말과 진저리가 난단 말은 같은 의미라꼬? 참 똑똑하네. 하여간 김대희 얘기 안 했으면 좋겠다. 알았다꼬? 고맙데이.

아, 기억났다. 해피투게더인가? 노란색 찜질방복 입고, 명찰을 달고 춤췄던 거 기억난다. 우찌 거기 나가게 됐는데, 학생 신분에? 뭐라? 박남정 씨가 느거 아버지라꼬? 거짓말하지 마라. 가마이 있어 봐라. 있네. 박남정이 얼굴이 있네. 맞다. 아부지는 잘 계시나? 잘 있다꼬? 와우, 느거 아부지 첨 나왔을 때 완전히 혁신이었다 아이가. 정말로 굉장했는데. 아부지한테 꼰대희 삼촌 유튜브에 함 나오라 캐라. 너그들 신곡 홍보하러 나왔나? 제목이 뭔데? 〈테디베어〉? 곰돌이가 자존심 지킴이? 무신 말이지? 우짜든 젊은 문화를 이끄는 스타답게 스테이씨는 큰 별이 될끼구마. 그렇게 되기를 응원할 끼구마. 하모, 하모.

잔소리 한 숟갈

한 귀로 듣고 한 귀로 흘리기

별

젊은 너거들도 그렇지만은 꼰대인 우리들도 다 이번 생은 처음인 기라. 정답은 없는 기라. 파른이라는 사람은 이런 말을 했다카대. **별은 반딧불로 보임을 두려워하지 않는다.** 하찮은 취급이나 오해를 받아도 별은, 큰 사람은 결코 실망하지 않는다는 말로도 해석이 되는 기라. 스타가 되고 영웅이 된다 카는 기 결코 쉬운 일이 아인 기라. **영웅은 큰 죄와 큰 덕을 겸하고 있다**는 말도 있다 카대. 어차피 스타나 영웅은 주목받는 존재고, 그에 따른 시련을 이겨내야 하며, 덕을 갖춰야 할 의무가 있다꼬 내는 믿는데이. 결론적으로는 큰 사람이 될라 카믄 큰 맘을 가지라 그 말이다. 정답은 읎어. 알긌나? 밥묵자.

굿 들은 무당처럼 살아라

별이 빛나는 밤에

별

가수 별이라꼬예? 본명이신가? 활동명이라꼬예? 몇 학년임니꺼? 4학년이라꼬. 호칭은 오빠로 하고 접자꼬예. 4학년이니까, 내가 6학년이니. 오빠도 괜찮을 것 갈네. 밥묵자. 어, 어, 어, 오빠가 먼저 숟갈을 들고 나서 동상은 수저를 들어야지. 꼰대냐꼬? 내 이름 꼰대희 아이가? 그걸 와 물어보노. 이름 보몬 알지. 알겠십니더. 실은 니도 꼰대라꼬? 그라몬 꼰대 철학 같은 게 있겠네. 있다꼬? 함 말해 봐라.

“꼰대는 남한테 지적을 하기 전에 자기가 먼저 제대로 해야 한다고 생각합니다. 가령 가수를 예로 들자면 자신은 열심히 하지 않으면서 후배들한테 열심히 하라고 그러면 곤란할 것 같아요.”

별님은 꼰대 정신을 잘 실천하고 있는가베. 뭐라? 자식 셋을 키우믄서 앨범을 냈다꼬? 그라몬 앨범 홍보하려 나온 기네. 내는 별이 결혼한 줄도 몰랐데이. 결혼해 자식을 셋이나 낳아 키운다니 나라의 충신이네. 애국자다. 남편은 누구지? 하하? 내가 아는 그 하하인가? 맞을 거라꼬? 둘이 결혼했구나. 그 친구 개그맨 아인가? 런닝맨에서 유재석 씨랑 뛰어댕기는 사람, 원래는 가수라꼬? 맞다, 하하가 원래 가수였다. 깜빡 잊었네.

원래는 가수였지만 잘 안 풀려 객지로 떠돌아 댕긴다꼬? 그 친구도 고생함시롱 살았네. 그리고 밖에 나가몬 하하 와이프로 통한다꼬? 그래서 니도 자아를 좀 찾아볼라꼬 아이 셋을 키우먼서 이를 악물고 앨범을 냈다꼬? 잘했네.

앨범의 이름이 뭐지? 〈스타트레일〉이고, 별의 궤적이라는 뜻이라꼬? 타이틀 곡은 〈오후〉? 내용이 뭐지? 브라운 아이드 소울의 영준 님이 작사하고 작곡했다꼬? 사랑하는 사람을 잊어가는 과정을 지우려고 애써가는 과정을 노래한 거란 말이지? 빨리 잊고 싶지 않고, 천천히 자연스럽게 잊어가겠다. 뭐 그런 뜻이라꼬? 아침에서 점심, 저녁 이렇게 가듯이 계절이 이렇게 가듯이 천천히 자연스럽게 잊어가겠다. 뭐 그런 뜻이네. 내 느낌은 뭐랄까? 흰 눈이 내린 들판을 걸어가는 느낌이 들어.

"어떻게 알았어요? 뮤직비디오 첫 장면이 제가 눈발을 걸어가는 건데! 아직 공개도 안 됐는데. 뭐야, 소름 돋아요!"

갑자기 눈이 내렸나. 꼰대희 오래 하다가 꼰대가 아니라 무당이 되겠네. 이게 뭔 일이고.

잔소리 한 숟갈

한 귀로 듣고 한 귀로 흘리기

무당

우리나라 속담에 **굿 들은 무당**이라는 말이 있는 기라. 자기가 평소에 좋아하는 일, 원하는 일을 당하여 신이 난 사람을 그렇게 표현하는 기라. 아이를 셋이나 키우면서도 정규 앨범을 14년 만에 냈다 카이 내 기분이 좋은 기라. 내도 니도 이제 무당의 경지에 오른 기라. 하하. 무당이 뭐겠노? 신이 난 사람인 기라. 우리 속담에 **먼 데 무당이 영하다** 카는 말도 있는데, 흔히 사람은 자신이 잘 알고 가까이 있는 것보다는 잘 모르고 멀리 있는 것을 더 좋은 것인 줄로 생각한다는 말인 기라. 내 말은 굿 들은 무당처럼 살되 먼 데 무당처럼 살 필요는 없다는 얘기인 기라. 현재 내 앞에 있는 일로 치열하게 생활할 일이지 남부러워하며 살 일이 아이다 그 말이다. 알긌나? 밥묵자.

희망이란 눈뜨고 있는 꿈이다

흰수염고래 vs 흰머리꼰대

윤도현

내가 김대희랑 가깝다고 해서 찾아왔다꼬예? 요새 부쩍 대희 찾는 사람들이 많네. 근데 댁은 누굽니꺼? 어디서 마이 본 얼굴이긴 한데. 배우인가? 뭐라, 가수라꼬예? 그라몬 혹시 윤도현 씨 아입니꺼? 마이 닮긴 했는데. 하지만 그리 유명한 가수가 먼 부산꺼정 내 찾아왔겠나? 그럴 리는 없을 낀데. 윤도현 씨가 맞다꼬예? 아이고 반갑십니더. 이래 귀한 분을 뵙게 되어 영광입니더. 도현 씨는 노래로 본인이 진짜 윤도현이란 걸 증명하겠다꼬예? 좋심니더. '먼 산~'하고 부르는 그 노래 〈너를 보내고〉 함 불러보이소.

"먼 산 언저리마다 너를 남기고 돌아서는 내게, 시간은 그만 놓아주라는데~"

딩동댕~~ 한 소절만 들어봐도 알겠네. 호가 먼산이라예? 먼산 윤도현. 좋네. 그란데 김대희랑 우찌 되는데 멀리 해운대 달맞이고개꺼정 찾아왔심니꺼? 뭐라꼬요? 우리가 직장인 밴드에서 같은 멤버였다꼬요? 그기 뭔 소리라예? 보컬이었던 김대희가 나가고 할 사람이 없어가 윤도현 씨가 대신 맡아서 성공을 했다꼬요?

가스배달? 가스배달을 하면서 밴드를 했다꼬요? 직장인밴드? 가스 배달하는 사람도 직장인입니꺼? 미국 아들은 체인을 끌고 다니고, 일본 아들은 일본도를 끌고 다니고, 한국 아들은 프로판 가스통을 들고 댕긴다고 합니더. 우리나라가 훨씬 스케일이 크지예? 김대희 그 노마는 가스배달 타입이지만. 지가 대희 연락처 줄 테니, '흰수염고래'나 함 불러주이소.

"작은 연못에서 시작된 길 바다로 바다로 갈 수 있음 좋겠네 어쩌면 그 험한 길에 지칠지 몰라 걸어도 걸어도 더딘 발걸음에~~"

아이고, 목소리 좀 낮추이소. 내일 미국 가서 공연한다면서 와 그래 소리를 지릅니꺼? 여기서는 그렇게 할 필요가 없어예. 거 매니저 뭐하노? 말리라. 저러다 목소리 다치겄다.

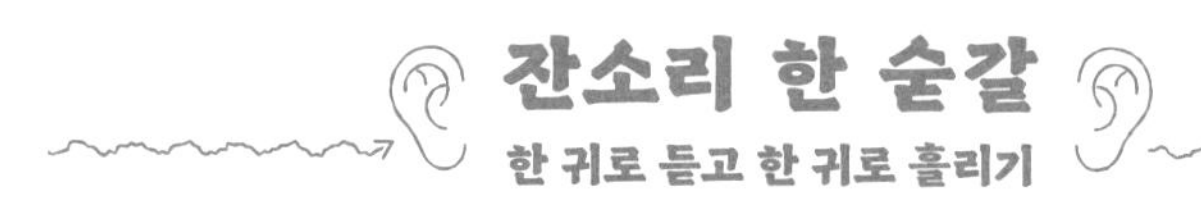

희망

흰수염고래는 현존하는 짐승류 가운데서 가장 큰 짐승이라 카대요. 가요계에서는 윤도현 밴드의 의미는 바로 흰수염 고래인 기라요. 흰수염고래는 우리에게 꿈이며 희망인 기라. 아리스토텔레스 행님은 **희망이란 눈뜨고 있는 꿈**이라 캐쓰요. 암투병 얘기는 들었구마. 다행히 도현 씨는 암을 걷어차 버렸으니 을매나 다행이고. 죽음은 언제나 우리 주변에 가까이 와 있는 기라. 세네카는 **희망이 없어지면 절망할 필요도 없다**꼬 했습니더. 그러나 루터는 **희망은 강한 용기이며, 새로운 의지**라꼬 했습니더. 꿈을 이루려면 희망을 품고, 희망이 생기려면 용기와 의지가 필요하다 그 말입니더. 그래서 우리는 늘 꿈과 희망을 잃지 말자는 것이 결론입니데이.

피식하면 지는 거 알제?

꼰대희(아재개그 8단) × 이한위(아재개그 9단) × 고말숙(심판)

유튜브 〈척 CHUCK〉 오마주

— 고말숙 : 자, 두 분 먼저 인사하시겠습니다. 선공 후공은 가위바위보로 하겠습니다. 안 내면 진 거 가위바위보! 네, 이한위 옹께서 먼저 선공해 주시면 됩니다. 그리고 참고로 10점 선승제입니다. 시작하겠습니다.

— 머리 빡빡 깎은 중이 떠나가면? …모르겠습니더. 민중가요. 뭐라꼬요? 민 중 가요. 이제 제가 후공에 들어가겠습니더. 노루가 다니는 길은? …모르겠네. 정답은 노루 웨이(노르웨이)!

— 3월에는 대학생을 절대 못 이기는 이유는? …모르겠습니더. 정답은 개 강하니까. 아, 그렇군요. 발이 유명하고 인기가 많은 사람은 누구일까요? 모르겠네. 정답은 발이 스타(바리스타).

— 바둑 이세돌 기사의 아들 돌잔치를 여섯 글자로 하면? …모르겠습니더. 정답은 이세돌 이세돌. 뭐라꼬요? 이세돌 2세 돌. 아, 2세 얘기를 하셨으니까 지도 2세 공격 들어갑니더. 괌에서 낳은 아기를 뭐라고 부를까예? 정답은 괌 애기(과메기). 헉!

— 덜 자란 옥수수를 세 자로 하면? 모르겠습니더. 정답은 아이콘! 엄마와 아들이 택견을 한다를 네 글자로 줄이면요? 모르겠네. 정답은 모자 잇크(모자이크). 모자 잇크 에크 이크. 모자이크…. 알아들었으니 그만하시게. 기독교인이 강아지가 짖는 걸 보고 하는 말은? …모르겠습니더. 정답은 짖었으(지저스)?

— 그러면 젠틀맨 신사가 자기소개할 때 하는 말을 아십니꺼? 아, 모르겠네. 정답은 신사임당~ 안녕하세요, 저는 신사임당~ 길

을 가다가 나무를 주으면? 모르겠습니더. 정답은 우드득. 그기 말이 됩니꺼? 왜 안 돼? 우드… 득.

— 비가 한 시간 동안 내리면요? 그건 나도 알고 있네. 정답은 추적 60분. 바나나 우유가 웃으면? 정답은 빙그레. 나폴레옹은 전쟁터에 나갈 때 항상 빨간 벨트를 찼습니더. 와 그랬을까예? 바지 흘러내릴까 봐. 헉!

— 누룽지를 영어로 하면? 모르겠습니더. 정답은 밥이 브라운(바비브라운). 뭐라꼬요? 밥이… 브라운. 베를린 음식은 절대 먹으면 안 됩니더. 위험해요. 왠지 아십니꺼? 모르겠네. 정답은 독일 수도. 가수 비가 로스앤젤레스에 갈 것이다를 네 글자로 줄이면? 모르겠습니더. 정답은 LA 갈 비!

— 이제 쎈 거 들어갑니더. 스님이 공중부양을 하다를 여섯 글자로 줄이면? 모르겠네. 정답은 어중이떠중이! 어, 중이 떠! 중이. 어, 중이 떠! 중이. 알겠네. 나도 쎈 거 들어가네. 한국을 방문한 외국 사람들이 제일 무서워하는 한식은? 손칼국수인가요? 아닐세. 장모님 뼈다귀해장국! (아, 장모님!)

— 제가 졌습니더. 대단하시네예. 이한위 아재개그 9단 승!!!

Part 2 의義 _부끄러워하는 마음

의
義

이 영상 아ㄴ 보면 지사ㅇ렬

지상렬

지상렬 씨 맞지예. 이게 뭐하는 짓입니꺼? 오자마자 욕부터 하고. 원래 그쪽은 인사가 욕이라꼬예? 대희랑 그리 살았다꼬예? 듣도 보도 못한 욕설을 해대니 마이 당황스럽네예. 쪼매 진정하고 앉지예.

“김대희가 돌았다고 하던데 정말이네. 나를 못 알아 보네.”

지상렬 씨, 초면에 말이 좀 심하시네예. 지는 김대희가 아이라 꼰대희입니더.

"그래, 대희. 이제 제정신이 돌아오는 건가?"

이봐요, 지상렬 씨! 나는 꼰대희라예. 당신이 아는 사람은 김대희잖아예. 엄연히 성이 달라예. 족보가 달라. 씨가 달라예.

"어렵네, 씨가 달라, ××. 대희 한번 만나보려다가 나까지 돌겠네. 여기 술 많네. 술이나 한잔하고 시작합시다. 간짜장에 소주 드셔보셨어?"

그럼예. 마이 묵었습니더.

"어르신, 술 먹는 방법을 알려드릴게요. 일단 소주 석 잔은 공복에 먹으셔야 해."

와요?

"간 딱딱해지라고. 술을 드시려면 먼저 한 잔 하고 단무지를 먹고, 한 잔 하고 양파 먹고, 또 한 잔 하고 간짜장을 드시는 겁니다. 그렇게 문진을 다 해주셔야 합니다. 한잔해."

와 반말을 하고 그라십니까? 내는 꼰대희라꼬요.

"어르신, 죄송합니다. 김대희 생각이 나서요. 한잔해."

초면에 실수가 너무 심하시네요.

"어르신, 죄송합니다. 김대희 생각이 나서요. 언제까지 살고 싶어요? 난 유기견이야, 다 물어. 난 더 이상 잃을 게 없다니까. 충고하는데 너 간병인 보험 좀 들어라."

지상렬 씨, 정말 실수를 너무 하시네예.

"김대희 생각이 나서요. 한잔하세요. 근데 연세가 어떻게 되신다고요?"

64년 용띠, 5학년 9반입니데이.

"발인할 준비 해야겠네. 고통 없이 보내줄게. 한잔해."

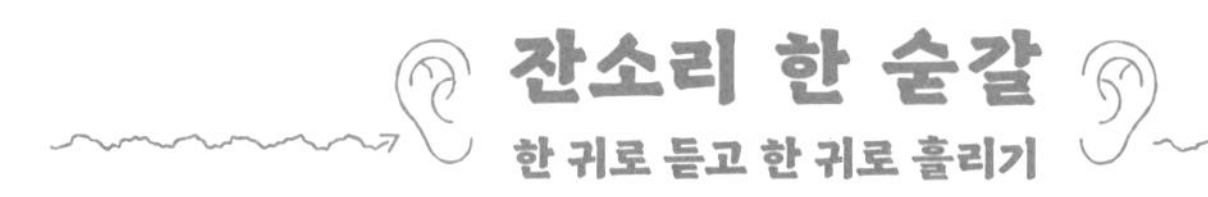

주도학개론

주도학개론은 잘 들었습니데이. 술 앞에 장사가 없다카이 2차에서 무신 일이 있었는지 생각이 안 난다 아입니꺼. 우리나라 격언에 **술도 습관이다**라는 말이 있습니데이. 기분이 좋아서 한 잔, 기분이 나빠서 한 잔, 기분이 좋은지 나쁜지 몰라서 한 잔. 술은 그래 묵게 되지예. 롤랑이라는 행님은 **악덕은 습관이 시작되는 데서 시작한다. 습관은 녹이다. 그것은 영혼의 강철을 파먹는다**꼬 말했답니다. 〈습관〉에다가 〈술〉 자로 바꾸면 이해가 금방 되실 낍니더. 습관적으로 술을 묵으마 영혼의 강철이 뚫린다 아입니꺼. 술 좀 작작 묵읍시더. 뭐라꼬예? 3차를 가자꼬예? 우리는 3차는 습관적으로다가 간다 아입니꺼. 어디로 갈까예?

계속 노름을 하면 신도 지게 마련이다

저 푸른 밥상 위에 '님과 함께'

남진

장인어른, 밥묵자 한번 해주시소. 뭐하고 댕긴다꼬 장인을 안 찾았냐꼬예? 지도 바빴심니더. 더구나 봉선이가 집을 나가 처갓집 찾을 면목이 없었심니더.

"굴비 맛이 괜찮허네."

괜찮허단 말은 개안타 말입니꺼? 굴비는 고추장에 찍어 묵어야 한다고예. 죄송합니더. 고추장을 준비를 몬 했심니더. 장인어르신은 요즘 뭐하고 댕깁니꺼? 전화번호가 늘 바뀌시

던데예. 금융업에 종사하신다꼬예? 은행에 계십니꺼? 금융업은 종류가 마이 있고, 은행보다 범위가 넓다고예? 은행보다 범위가 넓다 하몬 엄청한 돈을 만지겠네예. 정확하게 무슨 일입니꺼?

"사채라고 하제, 사채. 사채의 원칙, 줄 건 주고 받을 건 받자여."

그란데 봉선이가 집을 나갔습니더.

"봉선이가 집을 나가부렀다고? 오메, 그 가시내가 우째 그래부러쓰까잉."

그란데 봉선이는 부산에서 태어났는데 장인어른은 전라도 사투리를 쓰시네예.

"그 가시내 말이 맞겠는디. 새끼가 여그저그 많응께 모르겄어야. 봉선이가 연락이 오거나 잡으면 연락해 주라. 100만 원은 줄라니까."

봉선이가 도박을 해 가 해먹은 돈이 1억 8천이라 캅니더.

"그랑께 나가 100만 원은 줄라니까 열심히 살어."

남진 선생님하고 친하다꼬 하셨는데, 그분이 빌려주시면 안 될까예?

"알긴 아는디 그 ××가 빌려줄랑가 모르겄네잉. 김대희한테 빌려 보등가."

그 ××는 짠돌이라캅니더. 장인어른이 갚아 주실랍

니꺼?

“쓰잘떼기 없는 소리를 하고 자빠졌어. 나가 썼다냐? 니가 돈 벌면 나한테 줄래? 돈은 정확해야 한다잉. 100만 원은 봉선이 있는 자리에서 각서 받고 줄라니까.”

알겠습니더.

“마지막으로 한마디 할라니까 들어라잉. 열심히 피땀 흘려 살아야 돼야. 그냥 맹숭맹숭 주둥아리나 까고 앉았고, 그렇게 돈 처묵을라고 하지 말고.”

알겠습니더. 100만 원 안 주셔도 됩니더. 받은 걸로 하께예.

“참말로?”

잔소리 한 숟갈
한 귀로 듣고 한 귀로 흘리기

도박

장인어른, 오늘도 기체후일향만강(氣體候一向萬康)하신교? 우리나라 속담에 **노름은 도깨비 살림**이라 카데예. 도박의 성패는 도무지 상상할 수도 없어서 돈이 불어갈 때는 알 수 없을 만큼 쉽게 크게 는다는 뜻이겠지예. 우짜든 도박으로 돈을 벌어 가 행복하게 살았단 얘기는 들어본 적이 없습니더. 중국 속담에는 **계속 노름을 하면 신까지도 지게 마련이다**라는 말이 있다꼬 합니더. 사람들은 돈 때문에 울고 돈 때문에 웃지만서도 도박은 백해무익입니더. 독일 속담에는 **젊은 노름꾼은 늙어서 거지가 된다**는 말이 있다꼬 합니데이. 봉선이도 마이 후회하고 있을 낍니더. 장인어른 말씀처럼 젊었을 때 피땀 흘려 돈을 벌어가 사채업자라도 될 수 있도록 노력하겠습니데이. 살펴 가이소.

가요이 vs 가여워

가요이

이게 뭐꼬? 빙수 아이가? 니 빙수 묵고 잡다 캤나? 팔빙수 묵고 잡다꼬. 여는 밥 묵는 덴대. 우찌 빙수를 묵자노? 사람이 밥을 무야, 배도 든든하니 좋지. 그건 아재들 얘기라꼬? 그럼 MZ들은 밥 안 묵고, 이런 얼음 쪼가리 묵고 사나? 팔도 있다꼬? 이래 쪼매 묵고 우찌 사노. 산다꼬? 마이 살아라. 그란데 니는 살살 쪼갬시롱 와 그리 내 얼굴만 자꾸 쳐다보노? 뭐라? 내 얼굴이 소 갈다꼬? 아따. 또 어느 놈이 내 족보를 바꿔 놓노. 내는 소가 아니라 말… 참, 말이 아이고 용이다. 니 용 모리나? 얼굴 아래를 보니 소 같다꼬? PD야, 앞으로 이런 아들 데꼬 오지 마라. 그래도 소 같다꼬? 알았다. 그라몬 소 할게. 내가 무신 힘이 있노?

근데 니는 누꼬? 가요이라꼬? 어데 가 씨고? 가 씨가 아이고, 김 씨라꼬? 원래 이름은 김가영? 가영이, 가영이 하다가 가요이가 됐다꼬? 아름다울 가, 빛날 영이라꼬? 김가영. 김이 쇠니까, 쇠가 아름답게 빛나네. 뭐 그런 뜻이가? 얼굴하곤 마이 매치가 되네. 유튜버라꼬? 그럼 내캉 같은 업종이네. 나이는 2학년 5반이라꼬? 여행 다니고, 데이트하는 유튜브? 젊은 친구들한테 희망과 용기를 주는 유튜브라꼬? 그런 유튜브도 있나? 우리랑은 좀 다리네.

아재 유튜브는 뭐냐꼬? 우리는 반 이상 인생이 지나간 아재 컨셉이라. 그동안 헛된 희망들한테 워낙 마이 속았잖아. 그래서 절망으로 가지만 말자. 그런 생각으로다가 일단 묵고 보자 컨셉. 뭐라꼬? 묵고 죽은 귀신이 얼굴빛도 좋다꼬? 맞네. 그 말 일리가 있네. 그란데 팔빙수 묵고 죽으몬 얼굴 빛깔이 좋아질 것 같진 않네. 그건 죽어봐야 안다꼬? 야가 뭐라카노?

창원에서 살았어? 그라몬 부산 옆이잖아. 딱 보이, 갱상도 갈더라. 부산에서 태어나 창원으로 갔다꼬? 우짜다가 유튜버를 하게 됐노? 대학 동아리에서 친구랑 카메라 들고 찍다가 유튜브도 하게 됐다꼬? 멋지네. 니를 보이 기분이 좋아지네. 비타민 같다. 항상 웃는 니 얼굴을 보마 절로 기분이 좋아지네. 해피 바이러스를 발산하는 것 같다이. 가요이! 우린 유튜브 친구라, 알겄나? 여기, 나와줘서 고맙데이. 뭐라꼬? 친구면 말을 트자꼬? 됐데이.

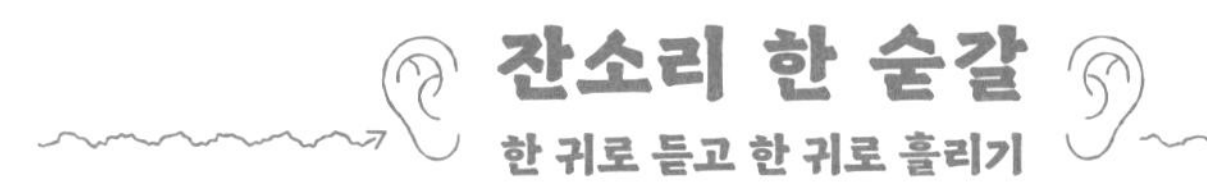

친구

그 사람을 모르겠거든 그 친구를 보라 캤다. 그 사람의 됨됨이를 볼라 카면 그가 사귀는 친구들을 보마 그 수준이 보이는 기라. 새로운 친구를 사귀어도 오래된 친구를 잊지 말라꼬 한 행님은 에라스무스다. 새로운 친구를 소중히 여기되 오래된 친구가 얼마나 소중한지 내가 어려울 때 알게 되는 기라. 내가 철학과를 나와가 이래 유식하다, 알겠나? 일심동체의 친구는 천 사람의 친척보다 낫다꼬 얘기한 사람은 에우리피데스 행님이다. 마음이 맞는 한 명의 친구가 천 사람의 친척보다 더 훨씬 낫다는 기 살아본 사람들은 아는 기라. 뭐라꼬? 와 이 시간에 친구 얘기가 나오냐꼬? 우리는 유튜브 친구 아이가. 응원한데이.

친구는 또 하나의 나다

고마해라 마이 묵었다 아이가

곽경택

오늘은 동네 아저씨를 모시고 왔네. 아님 우리 애독자신가? 아무튼지 달맞이고개꺼정 온다고 고생 많았십니더. 근데 연식이 우찌 됩니꺼? 제가 말을 놓아야 할지? 말지? 결정해야 할 것 같아, 나이를 알아야 하는데예. 뭐라요? 66년 생이라꼬예? 지는 64년생입니더. 지가 두 살 더 묵었으니까 말을 놔야 할 낀데, 괜찮을지 모리겄네예. 좋을 대로 하라고예? 완전 동네 아저씨 스타일이네예. 근데 뭐 하고 살고 있십니꺼? 영화 만든다꼬예? 그라몬 동네 아저씨가 아니잖아.

PD야, 우찌 된 기고? 무신 영화 만들었십니꺼. 혹시 나이 묵고, 〈꼰대는 아즉 살아 있다〉 이런 독립 영화 감독입니꺼? 저예산 독립영화? 저를 독립영화에 캐스팅 하려고 찾아오신 겁니꺼? 제가 독립영화에 여러 번 출연은 했십니더. 혹시 찍은 영화 제목 함 얘기해 보이소. 〈친구 1〉 〈친구 2〉가 대표작이라꼬예? 〈친구〉 그런 독립영화가 있었나? PD야, 요새 출연자 못 구하몬 그냥 넘어가야지 이기 뭐하는 짓이고? 뭐라 캤십니꺼? 독립영화가 아이라 유오성, 장동건, 서태화, 정운택, 김보경 이런 친구들 나오는 영화라꼬예? 그라몬 〈친구〉 감독 곽경택 감독입니꺼? 맞다고예? 아이고, 제가 실수를 했네예. 아이고, 죄송합니더. 이래 귀한 분을 모셔 놓고 제가 실수를 했네예.

〈친구〉는 참말로 영화사에 길이 남을 명작입니더. 저랑은 두 살 차이니까, 서로 말을 놓는 것으로 하입시더. 사투리가 쪼매 어설프다꼬예? 지야 달맞이초중을 댕겼십니더. 고등학교는 부산고등핵교 댕겼지예. 곽 감독님도 부산고등학교 출신이라꼬예? 그걸 공갈치몬 쪼매 문제가 될 수 있겠다꼬예? 그라몬 무신 고등학교가 좋겠십니꺼? 부산진고등학교가 좋겠다꼬예? 인자 생각났십니더. 제가 잠시 착각을 했십니더. 원체 학교를 댕긴 지가 오래돼 가꼬 핵교 이름을 이자삐심니더. 지는 부산진고 출신임니더.

그라고 즉석 오디션 한번 봐주이소. 장동건하고 유오성 유명한 대사 있잖아요. 좋다꼬예? 고맙십니더. 대사 제가 받아줄 게예. 던져 보이소.

꼰대희 : 와 그라노?

곽경택 : 뭐가?

꼰대희 : 상택이한테 와 그라는데?

곽경택 : 친구 아이가

꼰대희 : 내는? 내는 뭔데? 내는 니 시다바리가?

곽경택 : 니 묵으라꼬 부른 기 아이다.

꼰대희 : ….

곽경택 : 죽고 싶나?

잔소리 한 숟갈

한 귀로 듣고 한 귀로 흘리기

친구_2

영화 〈친구 1, 2〉를 보면서 참 많은 생각을 했습니데이. 키케로는 **친구는 또 하나의 나다**라고 주장했다고 하대예. 친구가 매우 소중하다는 얘기겠지예. 그란데 아리스토텔레스는 **친구가 많다는 것은 친구가 전혀 없다는 뜻이다**라꼬 했습니데이. 많은 친구보다 한 명의 친구를 사귀더라도 진정한 친구를 사귀라는 충고겠지예. 라 퐁텐은 이런 말을 했다 카데예. **무지한 친구만큼 위험한 것은 없다. 현명한 적이 훨씬 낫다**꼬 했는데 누구 말이 맞겠습니꺼? 친구가 소중하고 중요한 것은 맞지만서도 제대로 된 친구를 사귀라는 뜻이겠지예. 지는요 이 나이가 돼도 솔직히 잘 모르겠습니더. 친구가 적이 되는 경우도 보았지만서도 결국 그 친구는 나의 거울이라는 것을 믿을 뿐입니더. 밥이나 묵겠습니더. 그란데 영화 〈친구 3〉는 나오는 깁니꺼?

적에게도 약속은 지켜야 한다

엉덩이 힙씨 vs 꼬깔 꼰 씨

힙으뜸

술 좋아하냐꼬? 반주로다가 한잔씩 한다. 고량주 없냐꼬? 갑자기 고량주가 오데가 있어? 탕수육은 고량주랑 묵어야 한다꼬? 근데 니는 누꼬? 정신이 없어 가 통성명도 몬했네. 댁은 누구야? 누굽니꺼? 힙으뜸? 엉덩이 힙씨라꼬? 그런 성씨도 있나? 하긴 꼰 씨도 있는데, 힙씨가 없을소냐.

니도 유튜버를 하고 있나? 골드버튼이라꼬? 알지. 유튜버에서 구독자 10만 명이 넘으면 실버버튼을 주고 100만 명이 넘으면 골드버튼을 준다 아이가. 그럼, 힙으뜸은 구독자가 얼마나? 160만 명이 넘었다꼬? 골드버튼. 그게 내 꿈인데, 힙으뜸 선상님 좀 도와 주이소. 힙으뜸! 아, 내도 봤다. 우리 뽕선이가 집 나가가기 전에 그 채널을 구독했네. 홈트레이닝 했다꼬? 뭐라, 힙으뜸 선상님이 홈트 계의 일타강사라꼬? 뽕선이가 홈트레이닝 하고 체력이 좋아지고, 에너지가 넘치니까 집이 재미없어 나갔다꼬? 그럼, 우리 가정을 파탄낸 기 힙으뜸이잖아. 아이라꼬? 내캉 더 열심히 홈트레이닝을 했다면 마누라가 집에 있었을 거라꼬? 아직은 기회가 있다꼬? 우찌하몬 뽕선이도 돌아오고… 참, 갸는 안 돌아와도 돼. 지는 골드버튼만 하몬 됩니더. 뽕선아, 나도 이제 힙으뜸 선상님께 배워 갖꼬 골드버튼 달성해 새 장가 함 가 볼란다. 니는 내보다 좋은 남자 만나 잘 살아라. 힙으뜸 님 부탁합니데이.

"골드버튼 받는 방법 알려줄까요?"

정말이가? 알리도.

"졸라 열심히 하면 돼요."

무슨 개똥 같은 소리야?

"그럼, 100만 명이 되면 힙으뜸 채널에 나오셔서 스쿼트 천 개 챌린지를 하겠다고 공약을 하세요."

평생 운동을 모르고 살았는데, 내가 스쿼트를 1,000개를 한다꼬?

"보세요. 스테프들이 박수치고 난리 났잖아요."

믿을 놈 없네. 저것들이 지 몸 아이라꼬, 지 다리 아이라꼬. 아이고 불쌍한 내 다리 작살났네.

"100만 명 하기 싫어요? 그럼, 그만두는 수밖에요."

알겠십니더. 100만 명이라는데, 1,000개는 해야지. 약속하입시더. 도전!

잔소리 한 숟갈

한 귀로 듣고 한 귀로 흘리기

약속

푸블리우스 시스루라는 사람은 적에게 대해서도 약속은 지켜야 한다꼬 했다이. 내 말이 그말인 기라. 함부로 약속을 하는 것도 문제지만 일단 약속을 했으마 세상없어도 지켜야 하는 것이 약속인 기라. 진정 용기 있는 사람은 모두 약속을 지키는 사람인 기라. 히틀러는 약속에 대해서 뭐라 캤는지 아나? 내가 약속을 지키지 않거든 나를 십자가에 못박아 죽여도 좋다. 이 말에 독일 사람들은 열광을 했겠지. 약속을 지키지 않거든 자신을 십자가에 못박아 죽이라꼬 했으면서도 히틀러가 유대인들을 그래 학살한 이유를 도저히 이해할 수 없는 기라. 그라믄 약속을 지키는 최선의 방법이 뭔 줄 알겠나? 결코 약속을 하지 않는 것인 기라. 지키지 못할 약속은 안 하는 기 최선인 기라. 알았제? 밥묵자.

현세와의 이혼은 내세와의 결혼이다

김대희한테 얘기 마이 들었심더

김준호

딱 두 달 전에 200명이었는데 왜 이렇게 구독자가 느는 거야. 배 아파 죽겠네. 어쩌다 이렇게 됐지? 그렇게 열심히 한 것도 아닌 것 같은데. 밥묵자. 밥이 있어야 먹지요. 야들아, 가 온나. 김준호 씨가 온다꼬 특별히 맛있는 걸 시켰습니더. 원래 음식을 세팅해 놓고 시작하는 거 아닙니까? 광고가 들어왔습니더. 광고도 들어왔어요? 잘 좀 부탁드립니데이. 이차돌? 미안한데 전 이번 편이 좀 잘 안 됐으면 좋겠습니다. 사실 오늘이 채널을 방해하러 나왔거든요. 이거 내 〈월간 김준호〉 지금 뷰가 3,000입니다, 3,000뷰. 여기 지금 신봉선이는 500만 뷰가 넘었어요. 네, 미안합니데이. 광고인들한테 미안하지만 저는 방해하러 왔습니다.

이름이 뭡니꺼? 그냥 김준호입니다. 아니 뭐 동생이면 동생, 오빠면 뭐 오빠 이런 거 설정하던데 안 해주십니까? 가족으로 설정해 드릴까도 생각했는데 전적이 너무 화려해 가 그냥 개그맨 김준호 씨로, 언제든지 내칠 수 있게끔 진행합니더. 아, 그렇습니까? 가족으로 들이면 나중에 호적도 파야 하고 일이 생기면 좀 복잡해진다 아입니꺼?

사실 얘기 안 했는데 제가 누군지 아십니까? 누군데예? 제가 봉선이 남편입니다. 뭐라카노? 꼰대희 씨랑 지금 봉선 씨랑 떨어져 살죠? 지금 집 나간 지 1년 넘었습니더. 제가 봉선이와 살고 있습니다. 봉선이와 재혼하셨습니꺼? 봉선이캉 내캉 이혼 절차를 아직 안 밟았는데예. 사실 뻥입니다. 맞지예? 큰일 날 뻔했네예. 채널이 이렇게 재미없는데 왜 구독자가 늘고 뷰가 많이 나오는 걸까요? 나는 진짜 배 아파 죽겠네요. 아무리 생각해도 이상해.

김대희는 어떤 개그맨이었습니꺼? 개그맨은 크게 네 가지 부류가 있습니다. 네 가지예? 아이디어를 잘 짜고 잘 웃기는 사람, 아이디어를 잘 짜기만 하는 사람, 잘 웃기기만 하는 사람, 아이디어를 못 짜고 못 웃기는 사람, 이 네 번째가 김대희였거든요. 그런데 광고도 들어왔다는데 뭐라도 해야 되는 거 아닌가요? 김대희한테 얘기 마이 들었심더. 근데 와 이혼을 했습니꺼?

잔소리 한 숟갈

한 귀로 듣고 한 귀로 흘리기

씁쓸한_인생

유태인의 격언에는 이런 말이 있다 카더라. **현세와의 이혼은 내세와의 결혼이다.** 오늘을 사는 현실 속에서의 이혼은 다가올 내일과의 결혼이라고 생각하믄 되는 기라. 결혼도 이혼도 결국은 인생사의 출발점이라는 것은 마찬가지인 기라. 상포르라는 행님은 이런 말을 했다 카데. **이혼은 극히 자연스러운 것으로 많은 집에서는 매일 저녁 그것이 부부의 사이에 누워 있다.** 괴로웠겠지만서도 결혼도 이혼도 죽음도 늘 우리 곁에 있는 현상인 기라. 오늘보다 내일을 생각하며 살제이. 참고로 내는 우리 마님을 절대 포기 몬한다. 맞은 데 또 얻어맞는 아픔을 누구라서 알겠노? 삼중바닥 냄비로 맞아본 사람이 아이믄 이 고통을 우찌 알겠노? 그러나 아직까지는 참을 만하데이. 낸중에 또 밥묵자.

027
욕설은 한꺼번에 세 사람에게 상처를 준다

버거형과 버거먹는 버거운 시간

박효준

어허, 그래도 어른이 먼저 묵어야지요. 햄버거도 밥 아입니꺼? 음, 비주얼이 상당하신데 뭐 하시는 분인지… 뭐 잘못 드신 거… 아직 밥 안 묵었는데 우찌 된 기고. 하시는 일은… 스님이세요? 아이라꼬? 트로트 가수이시고, 종교는 크리스천? 으음… 뭐꼬, 오늘.

원래는 배우요? 아, 그 깡패 나오는 영화에서 나온 거 본 것 같네예. 영화랑 드라마에서 워낙 험한 배역을 많이 맡아가

마 좀 무서웠는데, 전혀 안 그러네예. 드라마 하시기 전에 나오신 영화 〈말죽거리 잔혹사〉 안 본 사람 없다 아입니꺼. '햄버거'로 진짜 재밌고 유명하셨는데 마 계속 배우 생활 이어나가시는 게 보기 좋은 것 같심니더.

오히려 좀 귀여우신 구석도 있는 것 같은데예. 배우로서 비슷한 역할만 들어오면 좀 불편하실 때도 있었을 것 같기는 하네예. 주제넘은 얘기지만 그래도 많이 출연하신 덕분에 지 같은 사람도 얼굴 알고 한다 아입니꺼. 92년생이라꼬요? 참말이가? 그럼 말 놓으께. 아, 근데 요즘은 내처럼 유튜버를 많이 한다꼬? 근데 유튜브 제작을 여섯 명이서 만든다꼬? 다 같은 대학 출신들로만? 마 의리 있네. 유튜브 이름이 버거형이야? 아, 내도 봤다 아이가. 〈악플읽기〉를 보고 엄청 웃었다 아이가. 생각나는 거 뭐 없나?

"전국의 모든 박효준 씨에게 사과하세요, 라는 게 있었어요."

와 사과를 한단 말이고?

"모르죠. 일단 사과부터 했어요."

다른 악플은 또 없나?

"형은 잘생기지도 않았지만 못생기지도 않았습니다. 걍 잘못생겼습니다."

자, 끝내자.

“걍 이렇게 맥락 없이 끝나는 겁니까?”

고럼. 근데 참말로 92년생 맞나? 아니 궁금해서… 아니믄 아이지 와 눈을 부라린단 말이고.

“얘야, 청담동부터 신사동까지 씹었던 게 나라고. 따라나와.”

잔소리 한 숟갈

한 귀로 듣고 한 귀로 흘리기

악플

살다보믄 좋은 말도 듣지만서도 싫은 소리도 들을 수 있지예? 배우로 살다 보믄 악플도 마이 달리게 되는데 넘 상처받지 마이소. 고리키 행님이 이런 말을 했다 아입니까. **욕설은 한꺼번에 세 사람에게 상처를 준다. 욕을 먹는 사람, 욕을 전하는 사람, 그러나 가장 심하게 상처를 입는 자는 욕설을 퍼부은 그 사람 자신이다**. 악플을 다는 사람들은 자신이 가장 큰 상처를 입을 거라는 사실을 모른다 아입니꺼. 스페인 속담에는 이런 말이 있습니더. **남의 욕은, 그것이 악마에 대한 것이라도 해서는 안 된다.** 악마는 험담하는 사람의 입과 듣는 사람의 귀에 숨어 있다꼬 합니더. 욕이나 험담은 분명히 발설하는 자신에게 돌아온다는 것을 명심해야 합니더. 잘 지내이소.

싸움을 시작했으면 철저하게 싸우라

정신UP는 티키타카 Show

정준호 × 신현준

신현준 씨는 68년생이 맞지예? 그럼, 말 놓을게. 나는 64년 용띠야. 날 김대희랑 동갑인 줄로 알았다꼬? 걔는 나보다 한참 어린 놈이야. 놈! 그래 놈! 내가 어린 놈보고, 놈이라고 부르는 게 뭐 문제가 되나? 부담 없이 말 놓으라꼬? 그래 부담 없이 말 놓고 있어. 근데 누가 함께 오기로 하지 않았나?

"한 새끼 있어. 쓰레기 같은 놈!"

방금 그 말 나보고 한 말은 아니지? 난 또 놀랬네. 내가 보자마자 말을 놓았다꼬, 열 받아 막말하는 줄 알았네. 그란데 말조심 좀 하지. 너무 막 하는 거 아이가?

"그 새끼, 욕먹어도 돼! ××새끼."

아이고, 놀래라. 그렇다고 밥상꺼정 칠 것은 없잖아요. 정말 나보고 하는 말 아니지? 겁이 나 밥묵자 진행하겄나? 나는 우리 신현준 씨가 이래 과격한 줄은 몰랐어요. 항상 과격한 건 아니라꼬? 알았어요, 가 아니라 알었어. 밥묵자. 짜장면 다 불어 터지겄네. 그 친구는 늦을 것 같은데, 우리 먼저 묵지 뭐. 그란데 함께 오기로 한 친구가 혹시 정준호 씨 아인지 모리겄네. 맞다꼬? 아, 이 ×팔! 준호란 놈들이 하나 같이 약속을 잘 안 지켜! 또 다른 준호 있냐꼬? 있지. ×준호라고 있어.

현준 씨, 오데 가서 말하지 마. 내가 아는 ×준호, 그 놈 말도 못해! 아주 골때려! 아무리 골을 때려도 현준 씨가 아는 준호만큼은 아닐 거라고. 그 준호가 그 정도인가? 얼굴은 참 깔쌈하게 잘생겼는데. 깔쌈이 다 얼어죽었냐꼬? 솔직히 현준 씨가 훨씬 더 잘생겼다꼬? 남자가 현준 씨처럼 생겨야 한다꼬? 코를 보면 안다꼬? 사람들이 현준 씨를 보고 바다코끼리 코라고 극찬을 한다꼬? 그게 비웃는 말 아인가? 그건 아니라꼬? 알았다. 바다코끼리. 그건 됐꼬. 그럼, 깔쌈은 그렇다 치고. 정준호 씨가 연기는 잘하잖아. 예전 드라마 제목이 뭐더라. 〈SKY 캐슬〉이라고 있었잖아. 연기는 죽이든데. 그게 연기냐고? 현준 씨는 발로 해도 그 정돈 한다꼬?

아이고, 정준호 씨 아임니꺼? 마이 늦었심니더. 쪼매 바쁜 일이 있어가 늦었다꼬예? 그란데 현준 씨는 와 일어납니꺼? 담 약속이 있어 먼저 가봐야 한다꼬에?

“임마, 먼저 가면 어떻게 해?”

“니가 약속 시간 지켜 왔어야지.”

“하여간 자식이 싸가지가 없어. 꼰대희 형님, 우리끼리 합시다. 쟈는 있어 봐야 도움도 안 돼!”

둘이 함께 유튜버 〈신현준-정준호 정신업쇼〉 한다 카더마 진짜 정신없네. 서로 디스하는 기 컨셉인가? 근데 정준호 씨는 밥묵고 왔다꼬? 〈밥묵자〉 코너에 밥묵고 오면 우짜노? 캬, 이 동네 물 안 좋아. 정신업쇼, 참말로.

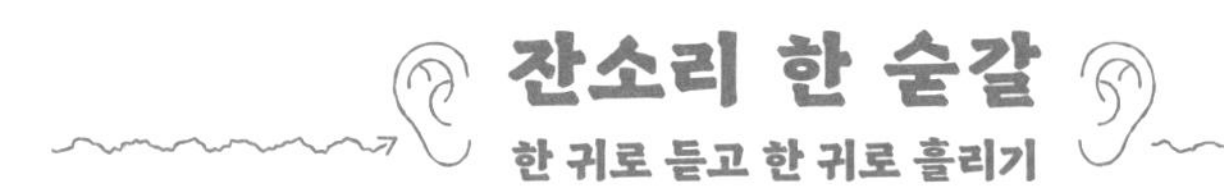

싸움

셰익스피어는 이런 말을 했다 카데예. **남과 싸움을 하지 않도록 경계하라. 그러나 일단 싸움을 시작했으면 상대방이 당신을 경계할 만큼 철저하게 하라**. 싸움을 할 거면 대충대충 하지 말고 대차게 붙으라는 말로 들립니더. 그란데 테렌티우스는 이런 말을 했다 캅니더. **사랑하는 사람끼리의 싸움은 사랑의 갱신이다.** 그렇다믄 친애하는 친구끼리의 싸움은 우정의 갱신이라꼬 볼 수도 있겠네예? 우짜든 싸움이라는 기 승리를 내세우고 앞세우마 싸움이 아니라 전쟁이 되는 기라요. 이왕 싸울 거면 상대방이 다시는 덤비지 않도록 철저하게 싸우시소. 싸워서 이기는 사람이 무조건 우리 편.

한 번의 실수는 병가의 상사다

놀면 뭐하니? 소고기 사묵겠지

WSG워너비 가야G

도대체 몇 명이고? 한꺼번에 이래 떼거지로 나오몬 우짜노? 소개하몬 시간 다 가겠다. 니부터 가자! 뭐라? 이름이 흰이라꼬? 흰은 활동명이고, 이름은 박혜원이라꼬? 나이는 2학년 6반이고. 옆에 친구는? 씨야, 들어봤는데? 씨야는 유명한 노래 많잖아. 뭐지? 〈사랑의 인사〉 아~ 아~ 맞긴 한데, 다른 멜로디라꼬? 미안합니더. 나이는 3학년 7반이라꼬? 알았다. 세 번째는 이름이 소연? 니는 3학년 0반? 아직 반 배정은 못 받았구마. 나랑 갈네. 나는 6학년 0반인데. 니는 나랑 김대희를 착각했다꼬? 그럴 수도 있지. 김대희 선상님은 키도 엄청 크고 잘생겼더라꼬? 금마가 뭐 잘생겼노? 내가 잘생겼지.

니는 이름이 뭐꼬? 정미소. 혹시 집이 정미소 하나? 처음 들어보는 모양이네. 쌀집 딸은 아이제? 뭐라? 기생충이 있다꼬? 니가 기생충이 있어? 무신 충이고? 요충? 회충? 십이지장충? 그기 아이고, 그라몬 그냥 기생충이가? 그게 아이라 영화 〈기생충〉에 출연했다꼬? 역할이 뭐였나? 딸래미? 아, 영화에서 과외받는 학생? 알았다. 그동안 마이 컸네. 나이는 2학년 5반이라꼬? 그라몬 젤 나이 묵은 멤버랑은 띠동갑인갑네. 그라몬 멤버 중 흰은 솔로 가수 출신이고, 소연은 라붐 출신, 이보람은 씨야 출신, 정지소만 배우 출신이라 그 말이가? 아, 이제 알긌다.

근데, 니들은 뭐하는 아들이고? 노래 부른다꼬? 그룹 이름이 뭔데? 〈가야G〉? 정상에 가야지? 이름 좋네. 〈가야G〉. 이 팀은 우찌케 모이게 되었노? 〈놀면 뭐하니?〉라는 프로그램을 통해서 결성된 그룹이라 그 말이고마. 이제 알긌다. 활동하면서 어려운 점은 없나? 왕언니와 막내가 띠동갑이라 나이 차가 마이 나는데 실수를 할까봐 서로 말을 트지 못했다꼬? 그라몬 안 돼지. 서로 말을 터야 친해지는 기라. 여기서 바로 야자타임 해 봐라. 뭐라꼬? 나랑도 하자꼬? 그라몬 삐

지몬 안 돼고, 화를 내도 안 된데이. 좋아, 시작한데이. 시작.

…….

“뭘 봐?”

지금… 내한테 한 소리가? 우쒸.

잔소리 한 숟갈

한 귀로 듣고 한 귀로 흘리기

실수

서로 다른 사람들끼리 모였으마 출신도 다르고, 생각도 마이 다를 끼라. 나이 차가 많이 나서 멤버끼리 말을 트기 어렵겠지만서도 소통을 하려면 말을 트야 친해지는 기라. 와 말을 트지 못하나 물으니 언니에게 실수할까 봐 어렵다 캤제? 우리나라 속담에는 방바닥에서 낙상한다는 말이 있어가 실수하지 말고 조심하라는 말도 있지만서도 한 번 실수는 병가의 상사라는 말도 있데이. 전쟁을 하다 보면 한 번의 실수는 늘 있는 일이라는 뜻인 기라. 살다보몬 실수를 안 하는 사람이 세상천지에 오데 있겠노. 물론 실수를 한 사람에게는 격려하는 기 도리고 실수를 한 본인은 스스로 실수를 줄이는 기 사람된 도리인 기라. 배려와 격려가 실수를 줄이는 방법인 기라. 새겨 들으레이.

변심은 정열보다 약간 더 지속된다

꼰대희는요 말이 너무 많아요~

유지태

유지태 씨, 영화 〈올드 보이〉 대사 한번 날리 볼까예? 〈오대수는요. 말이 너무 많아요.〉 이거 맞지예? 진짜배기 대사는 그게 아니라꼬예? 그라몬 진짜배기로 함 날리 보이소. 〈우린 알고도 사랑했어요. 너희는 그럴 수 있을까?〉 와우, 쥑이네. 〈올드 보이〉가 2003년 영화라고예? 예술인데, 오래됐다고 감동이 죽십니꺼. 내가 함 해 보께예. PD야, 음악 깔아 봐라. 뭐라, 준비가 안 됐다꼬? 니는 준비된 게 뭐 있노? 참말로, 묵고살기 힘드네. 그라몬 음악 없이 함 가 보자. 〈우린 암시롱 사랑했대이. 너거들은 그럴 자신 있나? 없제? 그니까, 너거들은 안 되는 기라. 알았제?〉

나름 감동이 있다꼬예? 이번에 제가 〈나의 아저씨 꼰대희〉 2탄 맹그는데, 그 영화 대사로 함 넣어 볼까예? 맥락 없이 그런 대사 막 넣어도 돼냐꼬예? 됩니더. 그 영화 컨셉이 그래예. 앞뒤 좌우 맥락 없이 간다. 가는 대로 가보자. 그라다 망한다꼬예? 이미 망했심니더.

그나저나 우쩐 일로다가 부산꺼정 왔심니꺼? 무신 영화 찍었심니꺼? 그런 건 아이라꼬예? 특별히 계획이 없이 달맞이고개 구경 왔다가 들렀다고예? 참말입니꺼? 근데 개그맨 김준호도 같이 왔는데, 안 보인다꼬예? 아마 안 올 겁니더. 우찌 아냐고요. 준호 그너마한테서 전화가 왔더라꼬예. 그래 지가 대배우랑 오붓하이 있고 잡다꼬, 담에 오라 캤십니더. 대배우가 아이라꼬예? 아입니더. 무신 그런 말을 다 합니꺼. 제가 대배우라고 하몬 대배운 기라예. 하모예. 참말입니더. 지태 씨는 참말로 대배우인 기라예.

이영애 씨하고 우리 지태 씨랑 찍은 영화 있잖아예. 〈봄날은 간다〉. 그 영화 참말로 죅이는 작품 아입니꺼. 특별히 좋아하는 대사라도 있냐고예? 있지예. 상우의 명대사. 지태 씨가 한번 해 보이소. 〈어떻게 사랑이 변하니?〉 오메, 죽겄다.

이번에는 지가 할머니 대사 함 날리 보까예? 무신 대사냐꼬예? 지태 씨 까묵었는가베. 버스랑 여자는 떠나몬 잡는 기 아인 기라. 표정을 보니 그 대사가 기억난 모양이네예. 저를 보니까내 사랑이 변하겠다꼬예? 알았습니더. 혼자서 잘해 보이소.

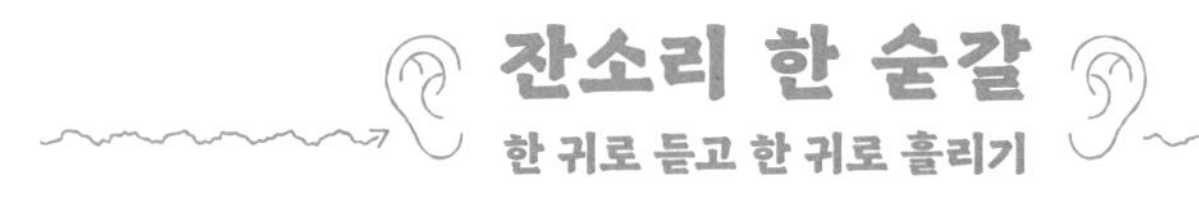

변심

지태 씨는 어떻게 사랑이 변하냐고 했지만서도 오스카 와일드 행님은 변심에 대해 이런 말을 했다꼬 합니더. **변심과 정열의 유일한 차이점은 변심이 정열보다 약간 더 오래 지속된다는 것뿐이다**. 파스칼 행님은 사랑에 대해 이렇게 말했습니더. **정념은 지나치지 않으면 아름답지 않다. 사람은 지나친 사랑을 하지 않을 때는 충분히 사랑하고 있는 것이 아니다.** 아리스토텔레스 행님은 사랑에 대해 이렇게 말했습니더. **사랑하는 것은 즐겁지만 사랑을 받는 것은 즐겁지 않다**. 그러나 분명한 것은 사랑받는 사람이 즐겁지 않으면 사랑은 변할 수밖에 없습니더. 기억하이소. 사랑이 떠나가도 묵는 기 남는 깁니더. 밥묵읍시더.

궁한 뒤에 행세를 본다

이게 미선129?

박미선

미선이 누나, 오랜만이네. 그 좋던 얼굴이 예전 같지 않네예. 세월에 장사 없다카더마. 머리는 거의 90대 할매 머리를 했네. 청담동에서 한 머리야? 팍 삭긴 해도 예전 그 미모가 남아 있네. 마이 남아 있냐꼬? 눈길이 가긴 합니더. 오늘은 냉면이네. 가위로 와 냉면을 그렇게 짧게 자르노? 짧게 짤라가 숟갈로 퍼묵는다꼬? 와예? 이빨이 모두 틀니라꼬? 얼굴 땜시 남자들이 아즉꺼정 따라댕긴다꼬?

뭐라꼬? 매형이 죽었다꼬? 은제? 두 달 전에? 사별하고 두 달만에 짬뽕집 주방장이랑 결혼했다꼬? 누나는 남자 없이 몬 산다꼬? 새로운 매형의 이름은 몬데? 공개할 수 없다꼬? 연변 꽃거지? 전에 매형은 천안에서 짬뽕집을 했다 아이가. 새 매형은 그 옆에서 짜장면집을 한다꼬? 전에 매형과 새 매형이 똑같이 생깄다꼬? 누나를 쫓아다니던 남자가 엄청 많았다 아입니꺼. 딱 한 명? 누구? 죽은 놈?

이건 뭡니꺼? 떡이네예? 떡 팔라꼬 여기 왔어예? 네이버에 '박미선 떡'을 치마 다 나와? 떡 치면 떡이 나와? 알았습니더. 누나도 유튜브를 합니꺼? 미선임파서블?

"니도 미선임파서블에 함 나올래? 아이다. 늬는 안 되겠다."

와예?

"늬는 재미가 없다."

김대희 금마가 재미없지 꼰대희가 재미가 없나?

"그라마 공약을 해봐라. 이 영상이 300만 뷔가 넘어가마 미선임파서블에 출연시케 주께."

여긴 그렇게 안 나옵니더.

"그래? 참말이가? 잘못 왔네. 떡 싸들고 딴 데로 갈 끼다. 영상 짤라라."

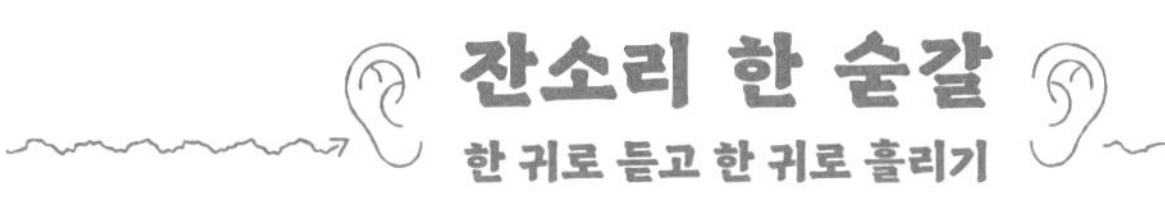

본성

아무리 생각해 봐도 누나는 본성이 훌륭한 기라. 매형의 사업이 여러 번 망했어도 곁에 있으면서 힘이 되어 주는 걸 보고 누나의 본성을 알았던 기라. 탈무드에는 이런 말이 있는 기라. **쐐기풀과 함께 섞여 있어도 월귤나무는 월귤나무다.** 무슨 말인가 하모 본래의 나무는 여러 가지 거친 풀과 섞여 있어도 본성이나 본질은 그대로 남아 있다는 얘기인 기라. 우리나라 속담에 **궁한 뒤에 행세를 본다**꼬 했다이. 무슨 말인가 하모 어렵게 된 때에야 비로소 그 사람의 참다운 행실을 알 수 있고 그 기개도 엿볼 수 있다는 말이데이. 본성이나 본질은 쉽게 눈에 띄진 않지만 어려운 상황에 처하면 그 사람의 진가가 드러난다는 뜻으로 읽힌데이. 한결같은 사람들과 누이에게 경의를 표합니데이.

032

권위는 능력에 기초를 두고 있다

지는 오태식이 아닌데예

김정태

제가 이래 고급 음식을 인발브해도 될지 모르겄다고예? 가만 있자. 이게 곰탕인가? 설렁탕이라꼬? 설렁탕을 마이 좋아한다고예? 잘됐네. 아무튼 그래 고급은 아이니까 안심하고 인발브 해도 됩니더. 특별히 설렁탕을 좋아하는 이유가 있습니꺼? 설렁탕 옆에는 항상 좋은 김치가 있다꼬예? 그렇지예.

밥을 묵죠. 먼저 양념을 좀 쳐야 한다고예? 양념? 양념이라기보다는 후추를 치고, 소금도 쳐 맛을 좀 더 내야 할 것 갈다고예? 요리에 조예가 있는가 봅니더. 후추 치는 손목 스냅이 보통이 아입니더.

"후추 칠 땐 재즈를 틀어놓고 손목 스냅을 이용해 털죠. 말할~~ 거예요~~ 어르신도 소금을 좀 쳐야겠는데요."

개안심니더. 지는 김칫국물을 넣어 맛을 냅니더. 제 취향임니더. 그것도 나름 굉장히 신박하다꼬예? 신박? 쪽박은 아이지예. 밥묵다가 쪽박 차면 뭐 되겠심니꺼. 음식은 후추와 소금으로 올매든지 맛을 조절할 수 있다고예? 알겠심니더. 밥묵다가 시간 다 가겠네예.

우짜다가 영화배우가 됐심니꺼? 고등학교를 졸업하자마자 엄마가 서울의 연기학원에 보냈다꼬예? 좀 특이한 경우라고 할 수 있네예. 당시는 보통 부모님들이 딴따라라꼬 반대하는 경향이 강했는데예. 집에서 연극영화과에 가라고 했다꼬예? 엄마가 미래를 내다보는 통찰력이 뛰어났던 분이었네예. 김정태 씨는 악역을 마이 했다 아입니꺼. 특별히 그런 이유라도 있어예?

"저는 다른 사람보다 희로애락의 폭이 넓고 깊었던 것 같아요. 무슨 말이냐면 인간은 누구나 기쁨을 표현하거나 화를 내잖아요. 그런데 저는 화를 내면 굉장히 깊게 화를 냈던 것 같아요."

그 땜시 그런 배역을 잘 소화할 수 있었구나. 그런 깊은 연기는 영화 〈친구〉를 보면 나오잖아예.

"몇 방만 푹~ 담그면 된다. 알겄재?"

상대를 칼로 찌르라고 할 때, 정태 씨는 음성이 짜악 가라앉았잖아예. 짧고 깊은 연기로 위협감, 공포를 만들어 냈더라고예. 카리스마! 그기 바로 정태 씨의 능력이라예. 그런데 와 배춧잎을 챙기는교? 집에서 토끼를 키운다꼬요? 카리스마가 확 죽이뻐네. 토끼가 묵는 밥은 뭡니꺼? 토료? 뱀이 먹는 밥은 사료입니꺼? 맞다꼬예? 개가 묵는 밥은 견료입니꺼? 맞다꼬예? 고양이가 묵는 밥은 묘료, 호랑이가 묵는 밥은 호료겠네예? 고만 하라꼬예? 알겠십니더. 오우, 카리스마 다시 쩌네예.

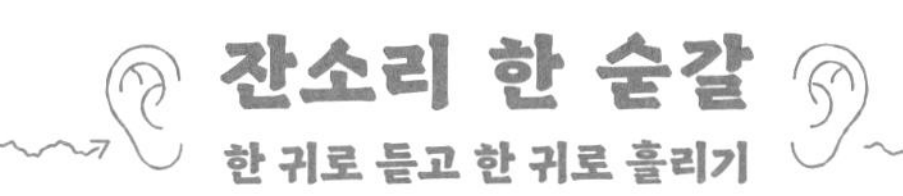

카리스마

대중을 심복시켜 따르게 하는 능력이나 자질을 카리스마라꼬 한답니더. 다른 말로 강력한 권위나 위세를 의미할 수 있겠지예? 프롬은 **합리적인 권위는 능력에 기초를 두고 있으며, 그것에 의존하는 사람이 성장하는 데 도움을 준다**는 어록을 남겼다고 합니더. 그라믄 비합리적인 권위는 어디에 기초를 두고 있을까예? 내 생각에는 폭력입니더. 지는 정태 씨가 가지고 있는 카리스마는 능력에 기초를 두고 있다꼬 믿습니더. 세네카 행님은 이런 말을 했다 캅니더. **강자란 자기 자신에게 권력을 휘두르는 사람이다.** 쉽게 말하몬 강자들은 내적으로 단련이 된 사람이라는 말로 들립니더. 카리스마가 넘치는 사람, 강력한 권위가 느껴지는 사람은 능력을 바탕으로 자기 자신에게 권력을 휘두르는 사람으로 보인다는 게 저의 결론입니더. 또 보입시더.

033

직업의 선택은 우연이다

랄리났네 랄리났어!

랄랄

조카야, 니도 유튜버를 한다꼬? 미국에 있다가 한국에 온 지 얼마 되지도 않았잖아. 그 사이 온제 유튜버를 했단 말이고? 요새는 개나 소나 김대희나 김준호나 다 유튜버를 한다데. 근데, 〈랄랄〉 구독자가 〈꼰대희〉보다 훨씬 많다꼬? 거기서 뭔 내용을 보여주는데? 와 영어로 씨부리쌓노? 아, 맥주 먹고 노가리 깐다꼬? 알았다.

그동안 우찌케 살았노? 비서도 하고, 공장하고 카페에서 일도 하고, 뮤지컬도 하고 연극도 했다꼬? 증말로 비서 일도 했나? 그때는 정상인 척 살았다꼬? 그래? 니는 정상이 아니데이. 근데 한 달만에 짤맀나? 고생 마이 했네.

남자친구는 있나? 소개시켜 달라꼬? 여기서 함 골라 봐라. PD도 있고, 스텝들도 괜찮은 친구들이야. 비혼주의자라꼬? 와, 저 친구들 얼굴을 보니 비혼으로 살고 싶나? 그라믄 이상형은 뭔데? 얼굴은 다니엘 헤니, 몸은 줄리엔 강이라꼬? 야야, 혼자 살아라.

잔소리 한 숟갈

한 귀로 듣고 한 귀로 흘리기

비서

비서도 하고, 공장하고 카페에서 일도 하고, 뮤지컬과 연극 배우도 했다카드만 지금 하는 일에 만족하나 궁금하데이. 어른들 말에 **직업에는 귀천이 없다**카더만 프랑스 속담에도 **천한 직업은 없다. 천한 사람들이 있을 뿐이다**라는 말이 있는 기라. 직업에 귀하고 천한 것은 없으되 귀천을 따지는 비루한 사람들이 난무한다는 뜻이 아이겠나. 파스칼 행님은 이런 말을 했는 기라. **일생에 가장 중요한 것은 직업의 선택이다. 그런데 그것을 좌우하는 것은 우연이다**. 우리가 어렸을 때부터 꿈꾸던 직업이 그대로 이어진 경우는 많지 않지만 그 과정에서 선택한 직업이 사실 우연이라는 사실은 놀랍데이. 우연이 가져다준 직업이라 할지라도 최선을 다하는 것, 그것이 바로 인간의 도리인 기라. 알긋제. 다이어트 고마 하고 밥묵자.

034

양처를 얻는 자는 행복을 얻을 것이다

유튜브 난닝구는 내가 원조다 마!!

미남재형

당신은 누구야? 동네 주민이야? 빨간 지붕 거거 김 씨 아들인가? 아부지가 없다꼬? 말투를 보이 니도 고향이 부산이가? 그래? 내도 부산이제 그람 내가 부에노스아이레스 사람이겠어? 중학교를 어디 나왔냐꼬? 보통 고등핵교를 오데 나왔냐꼬 먼저 물어보지 중학교를 오데 나왔냐꼬 물어보는 사람은 태어나서 처음이데이. 아, 중학교 때까지 살다가 딴 데로 가뿌릿어? 내는 동래중핵교다. 뭐? 니도 거가 나왔나? 교가를 함께 부르자꼬? 뭐 이런 기 다 있노. 높은 산 깊은 골, 적막한 산하~ 중핵교 교가를 외우는 넘은 또 첨 보네.

니 이름이 뭐꼬? 미남재형? 유튜바야? 원래 이름은 뭐꼬? 정재형이? 그라믄 서버 스크라이버가 우찌케 되노? 몰라? 유튜바가 서버 스크라이버도 몰라? 그렇지. 구독자를 말하는 기지. 40만 명이 넘었어? 그래 많아? 우와, 대단하네. 그동안 뭐해 묵고 살았노? 모델을 했었어? 언제? 2006년에? 오, 이수혁, 김우빈, 김영광 씨하고 활동했다꼬? 그래 보니 키가 엄청 크네. 뭐라? 개그맨도 했었다꼬? 참말이가? 개그맨은 내가 다 아는데? 나랑 있으니까 좋아? 그 멘트를 니가 썼다꼬? 그 정재형이야? 갸는 이렇게 안 생겼는데? 높은 산 깊은 골, 적막한 산하~ 야가 와 이라노. 말문이 막히몬 교가를 부르네.

결혼하고 힘들었다꼬? 방송에서 개그 프로그램 모두 없어졌을 때? 알지. 그때 공사판에 다녔어? 하남 스타필드? 거기서 사나? 아, 거기 공사판에서 일했다꼬. 양중, 까대기가 뭐꼬? 아가 셋이가? 야가 아만 나았나. 혼전순결을 지키려고 부×이 노력했다꼬? 아, 부단히 노력했다꼬? 제수 씨는 어떻게 만났노? 교회에서 만났다꼬? 하남 스타필드나 이런 데서 일용직으로 일하고 휴대폰 요금도 못내 가지고 뭐 휴대폰이 끊기고? 그때 힘든 시대를 지냈구만.

사실 어떻게 보면 니는 뭐 아무것도 없고 그냥 어떻게 보면 비전이 없는 남자였구마. 근데 그런 니를 기를 마이 세워주더라꼬? 친구들이랑 밥 먹을 때도 몰래 니한테 자기 카드를 주었어? 어느 날은 지갑에다가 돈 10만 원 딱 낑가 줘? 손편지가 들어 있었어? 거기에는 뭐라고 씌어 있더나? 재형아, 힘든 일 있는 것 같은데, 이걸로 맛있는 거 사먹고 같이 힘내자? 캬, 최고네. 그때 이 여자다 싶었나? 높은 산 깊은 골, 적막한 산하~ 야가 야가 와 이라노?

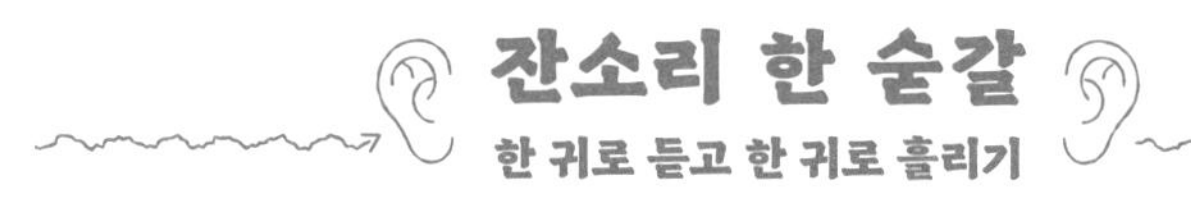

아내

현명한 아내가 아니었으면 쫄딱 망했을 끼라. 소크라테스는 누군지 들어 봤제? 테스 형이 뭐라 캤는지 아나? **결혼이란 여하간에 무엇인가의 소득을 가져온다. 양처를 얻는 자는 행복을 얻을 것이요, 악처를 얻은 자는 철학자가 될 것이기 때문이다**라고 했다이. 레이라는 사람은 이런 말을 했다카드라. **아내가 남편에게 반해 있을 때는 만사가 잘 돼간다.** 그러믄 아내가 남편에게 증오심을 갖고 있다믄 무신 일이 벌어지겠노? 만사가 다 망가져 되는 일이 하나도 없는 기라. 니는 오줌을 앉아서 싸나, 서서 싸나? 마! 앞으로 오줌 쌀 때 무조건 앉아서 싸라. 오줌이 사방으로 을매나 마이 튀는지 아나 모르나. 마님이 죽으라면 무조건 죽는 시늉이라도 해야 한데이. 알긌제? 밥묵자.

복수의 신은 은밀하게 행동한다

도깨비 출신 vs 먹깨비 출신

윤경호

오늘은 설렁탕이가? 이게 뭐꼬? 소꼬리 탕인가? 이래 비싼 걸. 이거 본전 뽑을라몬 조희수 마이 나와야 하는데. 오데서 마이 봤던 얼굴인데. 오데서 봤더라. 나도 나이를 묵으니까 기억력이 쪼매 떨어지네. 잠깐만. 나이가 우찌 되노? 원숭이띠, 잔나비띠라꼬? 그라몬 가만 보자 68년 잔나비띠잖아? 내가 64년 용띠니께 내가 네 살 형님이네. 뭐라꼬? 80년 잔나비띠라꼬? 4학년 3반이라꼬. 설마 농담? 외모 때문에 그런 오해를 마이 받고 산다꼬? 오해를 올마에 샀는데?

"8,000원에 샀는데요."

그 개그를 부드럽게 받아 쳐? 그걸 받아 칠 줄 몰랐네. 대단해. 개그해도 되겠네. 나 당신 잘 알아. 개그맨 김대희한테 얘기 마이 들었어. 대희 금마 쓰잘데기 없는 아들을 마이 알고 댕기잖아. 무신 말 했냐꼬? 그냥 혼자 중얼거린 얘기야. 내가 가끔 혼자서 구시렁대는 버릇이 있어.

이름이 갱호 맞지? 윤갱호라꼬. 갱호가 아이라 경호라꼬? 적당히 알아들어. 한국어 발음은 힘들어. 근데, 오데 윤씨야? 해남 윤씨. 뼈대가 굵은 집안이네.

"굵다뇨?"

자네 뼈대가 굵어 사람들한테 오해를 받았잖아.

"……."

여기 나온 사람들이 다들 맛나게 묵어갖고 당신도 한번 묵어보고 싶었다꼬? 그란데 와 두 번이나 출연 약속을 빵꾸를 냈을까? PD야, 두 번이 아이라 세 번이제? 죄송하다꼬? 괜찮아. 스케줄이 마이 잡혀 낸 빵꾸라몬 세 번이 아이라 열 번을 빵꾸 낸다 캐도 내가 참아야지 우짜겠노. 다 묵고 살자고 하는 일인데.

PD 쟈가 빵꾸 땜빵할라꼬 오뉴월 개처럼 혓바닥을 길게 늘어뜨리고 뛰어 댕긴다고 마이 힘들었다. 결국 빵꾸를 땜빵

못 해 가 내가 나섰지만서도. 내도 무신 힘이 있나? 할 수 없이 김대희한테 부탁해 겨우 허드레 배우 잡았다 아이가. 그것 땜시 김대희가 올매나 유세를 떠는지. 내가 죽는 줄 알았다.

참말로 더러바서, 김대희 갸를 내 성질대로 할 것 같으몬 내가 마이 참았다. 말도 마라. 죄송하다꼬? 개안타. 내는 뒤끝 같은 건 없다. 참말이다. 니가 김대희랑 친구인 모양인데, 대희한테 함 물봐라. 내가 오데 뒤끝이 있는 사람인지. 뒤끝 없다. 절대로 뒤끝은 없다카이.

요새 일이 많아가 바쁘제? 드라마도 하고, 연극도 한다꼬? 그 드라마 〈도깨비〉에서 맡아서 한 역이 뭐였더라? 충신? 그런데 배역 이름이 뭐였지? 충신 김우식! 맞다. 할 수 없이 니 손으로 김신 장군의 가슴에 칼을 꽂았다 아이가. 드라마를 보면서 마이 울었데이. 근데… 와 한 번도 아이고 세 번이나 여기 출연 빵꾸를 냈노? 말 좀 해봐라.

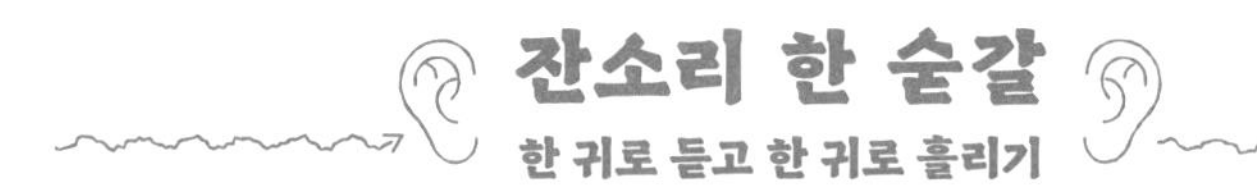

뒤끝이_없다

사람이 바빠지면 약속을 지키기 어려워진데이. 유명인사는 친구로 삼기 어렵기 때문인 기라. 장 파울은 **복수의 신은 은밀하게 행동한다**는 어록을 남겼는 기라. 복수를 할라 카몬 쥐도 새도 모르게 은밀하게 준비한다는 말이 아이겠나. 코르네유는 **섣부른 복수는 자신의 파멸을 초래한다**는 어록을 남겼는 기라. 원수를 갚겠다는 생각이 있다면 은밀하게 진행해야 하고, 복수가 실패했을 때는 스스로가 파멸할 수밖에 없다는 교훈인 기라. 사람은 서운한 게 있어도 참아야지 치사하게 뒷북을 치는 것은 좋은 기 아인 기라. 새겨 들으레이. 뭐라꼬? 지난번에 출연 빵꾸 세 번 낸 거 괘안타 해놓고 계속 얘기해 가 뒤끝이 있다꼬? 알았데이. 미안하데이.

신은 바보에게도 행운을 보낸다

형 집에서 팟타이 먹고 갈래?

홍석천

김대희랑 마이 닮았다꼬요? 그런 얘기 너무 마이 듣습니더. 근데 김대희랑는 무신 관계냐꼬요? 갸는 아는 동생입니더. 아제는 나이가 우찌 되는데예? 71년생, 5학년 2반이라꼬예? 저는 64년, 5학년 9반입니더. 홍석천 씨 맞지요? 반갑습니데이.

뭐라꼬요? 여기 와보이 홍석천 씨 맞는 스타일이 1도 없어예? 우얍니꺼? 그나저나 이태원에서 식당하시지예? 다 정리했다꼬예? 와예? 여섯 개 되는 가게를 정리하고, 한두 개 남아 있었는데, 코로나 직격탄을 맞아 죄다 정리했다꼬요? 아이고야, 엄청난 일이 있었구나. 슬픈 얘기는 그만하라꼬예. 요새 뭐하고 삽니꺼? 이태원 살리려고 노래를 하나 만들다꼬예? 석천 씨 고향이 이태원입니꺼? 제2의 고향이고, 원래 고향은 충남 청양이라꼬예. 청양은 고추로 유명하잖아예. 청양은 고추 아가씨 선발대회도 한다꼬예? 그건 저도 알아예. 고추 아가씨로 선발되면 청양고추 5박스를 준다꼬요? 그건 몰랐네예.

내를 만나니께 대희 생각난다꼬예? 대희랑 마이 친했던가 보네예. 뭐라꼬예? 대희가 완전 석천 씨 스타일이었다꼬예? 홍석천 씨는 게이 스타잖아예. 맞다꼬예? 이번에 이태원 살릴 노래의 원제목도 〈게이 탑 스타〉였다꼬예? 게이? 맞다꼬예? 상상하는 그 게이가 맞다꼬예?

“차별과 다양성을 인정하잔 의미에서 붙인 제목이었죠. 그런데 심의를 생각해서 〈K 탑스타〉로 바꿨어요.”

아직도 게이에 대한 편견을 가진 사람들이 많다꼬예? 김대희는 그런 편견으로부터 자유로운 영혼이었다꼬예? 무신 말씀입니꺼? 이런 자리 나왔으몬 비사 하나쯤은 밝혀야 한다꼬예? 연예신문에 대문짝만하게 날 거라꼬예? 홍석천 씨랑 대희랑 연인 사이였다꼬요? 뭐라꼬요? 대희가 홍석천 씨 버리고 개그맨 김준호를 사귀기 시작했다꼬요?

"저랑 김대희, 김준호랑 삼각관계가 될 뻔했어요. 그런 사실을 숨기려고 김대희도 준호도 여자랑 결혼했다니까요. 김대희는 애를 셋이나 낳아 자기 알리바이를 만들었어요."

차, 참말입니꺼? 암만 유튜브 채널이라 캐도 사실에 기반한 얘기를 하셔야 하는데. 뭐라꼬요? 그때 잘했으마 건물을 한 채 줬을 거라꼬요?

"어머, ××! 내가 지상렬을 이기겠어, 문세윤을 이기겠어? 내 컨셉이 이거밖에 없잖아. 대한민국 탑게이. 너랑 나랑 뭘 하겠니? 이거라도 지어내야지."

말이 심하신 것 같습니더. 김대희랑 헷깔리신 것 아입니꺼? 지는 꼰대희입니더. 나이가 어떻게 되냐꼬요? 앞에서 말을 했다 아입니꺼. 64년생, 5학년 9반입니더.

"어머, 그 나이에 주름도 없고 피부가 장난이 아니시네. 얼굴에 뭐 발라요?"

지는 머리부터 발끝까지 비누만 씁니더.

"잠깐만요. 냄새를 맡아보니 오가닉이네. 집에서 강아지 키워요?"

키웁니더. 강아지 이름이요? 별입니더.

"어머, 옛날에 내가 키운 강아지 이름이네. 아직도 나를 못 잊고 있구나."

잔소리 한 숟갈

한 귀로 듣고 한 귀로 흘리기

색안경

여보, 용서해. 준호야, 미안하다. 아이다. 오해야 풀면 되는 기지. 아리스토텔레스 행님은 이런 말을 했다꼬 합니더. **모든 점에서 인간이 평등하다고 생각하는 사람들 중에서 민주주의는 생겨난다.** 색안경을 끼고 세상을 보마 편견에 빠질 수밖에 없습니더. 색안경을 벗고 편견 없이 봐야 세상이 제대로 보이는 법입니더. 평등한 세상이 진정한 민주주의가 아니겠습니꺼. 영국 속담에는 이런 말이 있습니더. **신은 바보에게도 행운을 보낸다.** 영어로 해 볼까예? **God sends fortune to fools.** 기운 잃지 마시고 세상에서 편견이 사라지고 평등이 자리하는 그날까지 버텨주셔야 합니더. 팟타이 묵으러 가입시더.

037

사람은 죽으나 이름은 남는다

배우 진구 vs 매우 진상

진구

밥을 먼저 묵고, 나중에 국을 묵어야 하냐꼬? 그런 건 없다. 니 묵고 잡은 대로 묵어라. 그래도 식사 예법이 있을 것 같다꼬? 꼰대라, 혹시 아실 것도 같아 함 물어봤다꼬? 니 너무 어려운 건 묻지 마라. 꼰 씨는 상놈의 집안이라, 그런 순서 같은 것은 모린다. 니도 만만찮은 집안이라꼬. 보자, 니 이름이 여 진구지?

"모든 물음에 일일이 답할 필요는 없죠?"

맞다. 그럴 필요는 없지만서도 이름 정도는 밝혀야 하지 않을까 싶네?

"여진구는 제가 아주 좋아하는 후배고, 저는 성이 진 가고 이름이 구입니다. 진구."

그랬구나, 진구. 내 친구 광철이라고 있는데, 금마가 TV에 니만 나오면 '여~~ 진구' 나왔네. 그카니까, 내는 니를 여진구로 알았지.

오데 진씨고? 남원 진씨라꼬? 양반이네. 오데 파냐? 그런 건 모린다꼬? 뿌리를 알아야 한데이. 우리가 38대째 상놈으로 살았으몬 힘들었을 것 같다꼬? 혹시 배고파가 아니라 가고파 아이냐고? 꼰는 파가 넷이다. 배고파, 묵고파, 니 무라파. 갈라 묵자파. 가고파는 없어.

나이는 우찌 되노? 80년 잔나비띠? 니 혹시 윤갱호라고 아나? 갱호가 아이고 경호라꼬? 맞다. 그래 갱호. 엄청 좋아한다꼬? 갸도 잔나비 띠다. 그 형은 80년 잔나비 띠가 아이라 68년 잔나비 띠일 거라꼬? 갸가 여기 나와 자기가 80년 잔나비띠라 캤다.

"그러면 형이 아니잖아. 친구네. 존경할 만한 선배로 봤는데."

사람은 얼굴 보고 모린다. 보이는 기 다가 아이란 말이 있잖아. 그 말이 딱 맞더라고. 영화 〈매트릭스〉에 나오는 대사 갈다꼬? 그 액션에 그리 멋진 대사가 나오나? 그럼, 오데서 들었냐꼬? 나는 모리지.

특별히 생선을 주문한 이유가 있나? 고기보다 싸다꼬? 니 돈 마이 벌잖아. 아껴야 한다꼬? 짠돌이가? 그건 아이라꼬? 김대희 금마는 짠돌이다. 니도 들었다꼬? 뭐라카데? 말도 못 한다 카더라꼬? 알았다. 김대희 갸 소문이 더럽네. 소문이 아이라꼬? 그럼, 뭐냐? 본바탕이 더러워 그래 소문이 났을 거라꼬? 아니 땐 굴뚝에 연기가 나는 법이 없다꼬? 가끔 불을 안 때도 연기가 난다 아이가. 우찌 나냐꼬? 나는 모리지.

근데, 새 작품이 나왔어? 〈형사록〉이라꼬? 이성민 씨 출연하는 형사 스릴러물이라꼬? 오데서 하는데? 디즈니? 미키마우스로 나오나? 분장 안 하고? 뭐라, 쥐로 출연하는 건 처음이라꼬? 알았다. 그 얘기는 담에 듣자. 내가 속이 마이 불편해 여서 방송을 끝내야겠다. 저 2층에 온 손님들에게 손 좀 흔들그레이. PD야, 끝내자!

잔소리 한 숟갈

한 귀로 듣고 한 귀로 흘리기

이름

영국 속담에는 사람은 죽으나 이름은 남는다는 말이 있는 기라. 호랑이가 이름을 남기는 것 봤나? 우리나라 속담에는 사람은 죽으면 이름을 남기고 범은 죽으면 가죽을 남긴다고 했다이. 사람은 살아 있을 때 훌륭한 일을 하면 그 이름이 후세에까지 빛나는 것이니 마땅히 선행을 하라는 의미인 기라. 키케로 행님은 이런 말을 했는 기라. 명예를 가볍게 여기라고 책에 쓰는 사람도 자기 이름을 그 책에 쓴다. 사람들은 명예욕을 쉽게 버리지 못한다는 말이 아이겠나. 여진구라꼬 놀렸지만서도 이름이 참 좋아가 후세에까지 빛날 테니까네 선행하며 살제이. 의롭게 사는 기 이름답게 사는 기 아이겠나? 알았제? 밥묵자.

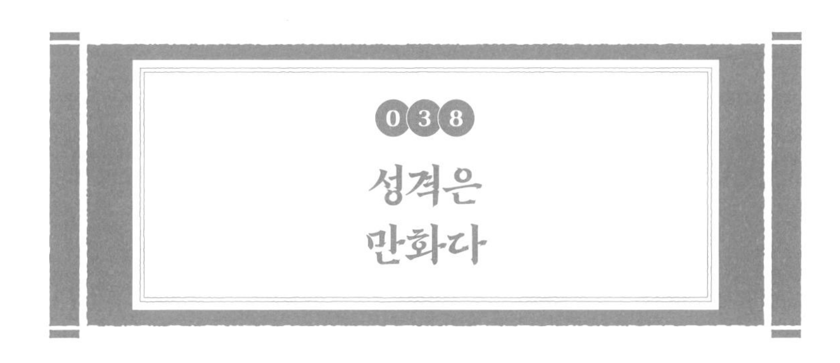

니도 꼰대가? 내도 꼰대다! 어쩔꼰대?

김풍

뭐꼬? 야, 이게 진짜로 이 뭐냐? 사발면이 이래 큰 것도 있나? 이게 엄청 귀한 거라꼬? 귀해 봐야 라면 아이가. 사람들이 이거 구할라꼬 난리라꼬? 이래 큰 라면을 우찌 묵노? 전쟁 식량으로 쓸라꼬? 요새 북한이 시끄럽나? 맛있다꼬? 맛이 없으몬 니 죽는다. 근데 뚜껑에 상표는 뭐꼬? 이게 라면 PPL인가? 아니라꼬? 그라몬 빨리 치아라.

참, 니가 유튜브에서 하는 기 꼰대라면이가? 라면꼰대라꼬? 모든 어르신들이 죄다, 전부 꼰대라면이라고 한다꼬? 그게 다 이유가 있다. 뭐 땜시 그런지 모르겠나? 참말로 모리겄나? 니 작가 아이가? 만화가? 그럼, 작가지. 만화가가 작가가 아이몬 가수냐? 맞제. 그래 작가. 작가니까 상상력을 발휘해 봐라. 혹시 형님이랑 관련 있냐고? 그래 임마, 내 이름이 뭐꼬? 꼰대희! 그래 사람들이 꼰대가 입말로다가 입에 착 붙은 기라. 그래, 라면꼰대가 꼰대라면이 된 기라. 알겄나?

고마 이름을 개명할 생각없나? 회사에 얘기 함 해보겠다꼬? 그냥 하지 마라. 라면꼰대라꼬 하고, 꼰대라면으로 호명되는 것도 개안타. 원래 헷갈리몬 사람들의 기억 속에 오래 남거든. 일단 이름을 함 더 불러보잖아. 꼰대라면인가, 라면꼰대인가, 그것이 문제로다. 그럼, 라면꼰대로 계속 가는 걸로 하겠다꼬? 참 쉬운 놈이네. 이래라면 이러고, 저래라면 저러고.

아무튼 좋다. 3일 만에 만났으니 쇠주나 한잔 뽈아 보자. 앞으로 니가 그리는 만화가 마이 기대된다. 그나저나 꼰대라면 이게 너무 불었다. 우짜노? 여기 라면꼰대가 있는데, 무신 걱정이냐꼬? 니가 다 묵을 수 있다꼬? 그래, 그라몬 니 다 처무라.

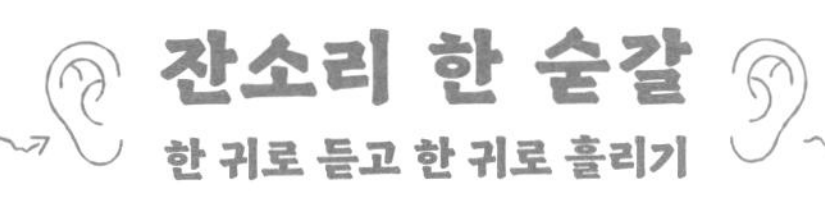

만화가

헤밍웨이라는 작가가 **성격은 만화**라 캤다. 성격이 뭐겠노? 품성이제? 품성은 뭐겠노? 성질인 기라. 성질은 뭐겠노? 마음인 기라. 그라믄 만화는 뭐겠노? 재미있게 그린 그림이 아이겠나. 그래서 결론은 **사람의 마음은 재미있게 그린 그림과 다를 바 없다**는 얘기인 기라. 말이 어렵제? 만화의 힘이 그만큼 무서운 기라. 우리 엄마 아빠들은 와 만화를 보는 아들에게 야단을 쳤는지 알다가도 모리겠다 아이가. 헉슬리라는 사람은 **풍자만화는 가장 날카로운 비평**이라고 주장했데이. 이제 세상이 마이 바끼가 만화가 없는 세상을 상상할 수 있겠노? 무신 말을 하다가 여기까지 달리왔노? 우짜든 사람 좋은 만화가로서 자부심을 가져도 되는 기라. 응원한데이. 밥묵자.

039

행동의 수단은 실력이어야 한다

데뷔 20주년에 꼰대희 나오면 생기는 일

노을(강균성+나성호)

먼저 이름부터 얘기해야지. 뭐라, 나성호? 나성에 가면 편지를 띄우세요. 그 나성인가? 맞다꼬? 친구들이 나성이 아이라 '에레이'라고 불렀다꼬? 정확히 말하면 에레이가 아니라 '에라이'라고 불렀단 말이지. '에라이, 자슥아.' 그 정도는 양호한 표현이었꼬. 그럼, '에라이 ××'라고 불렀겄구만. 이름 땜시 고생했네. 나이는 4학년 2반이라, 그라몬 81년생이네?

옆에 우두커니 앉아 있는 분은 이름 강균성이라꼬? 균

성. 균성이도 편한 이름이 아이네. 균성, 뒤집으면 성균, 예전에 성균관도 있었지. 하여간 쪼매 헷갈린다. 마이 헷갈리는 것은 아이고. 나이는 에라이 ××랑 동갑이라꼬?

오데서 마이 본 얼굴인데. 예전에 개그맨 김대희 씨랑은 함께 행사를 한 적도 있었어? 대희 가가 오데 행사에서 MC도 보고 그런 모양이네. 대희가 그럴 만한 능력이 되나? 말도 잘하고 엄청 잘했다꼬? 굼벵이도 구르는 재주가 있다 카더마. 대희를 잘 알고 있냐꼬? 알지. 알다뿐이가. 내 앞에서 김대희 얘기를 하지 마라. 내 이름은 꼰대희다. 김대희랑 나는 종자 자체가 달라. 우찌 다르냐꼬? 우선 내는 꼬깔 꼰 씨다. 비록 양반은 아이지만서도 나름 굵은 뼈대가 있는 집안이다. 우리는 조선시대부터 허드렛일을 도맡아 하믄서 튼튼한 뼈다구를 갖게 됐지. 우리가 조선을 지탱했던 기둥이라고 볼 수 있지.

너그들이 노을 멤버라꼬? 노을은 제법 오래됐잖아. 이번에 공연한다꼬? 전국 투어를 한단 거네. 근데 팀 이름이 와 노을이고? 하늘의 노을이 주황빛, 노란빛, 빨간빛이 어우러져 나는 색인 만큼, 서로 다른 보컬의 색이 어우러져 하나의 하모니를 만든다는 의미를 부여했기 때문이라꼬? 와 멋지네. 멤버는 우찌케 되노? 강균성, 나성호, 이상곤, 전우성 등 네 명이라꼬? 이제 알긌다.

보컬그룹 노을 앞에 붙는 글자는 실력파인 기라. 〈청혼〉

은 노을 2집 〈아파도 아파도〉의 후속곡으로, 당시에는 큰 관심을 얻지 못했는데, 〈우리 결혼했어요〉에서 크라운제이가 부르면서 다시 유명해진 걸 내도 들었는 기라. 크라운제이가 노을의 노래와 팀을 실력파라고 판단하지 않았으몬 그런 일이 있었겠나? 데뷔 20년을 넘어 승승장구하기를 진심으로 바란데이.

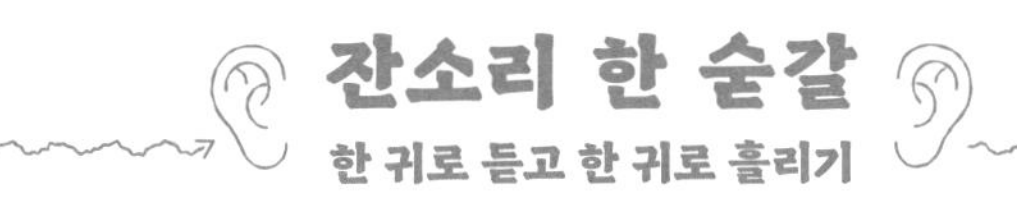

실력파

발자크는 이런 말을 했는 기라. 현대에 있어서 행동의 수단은 실력이어야 한다. 가문과 문벌 같은 것은 소용없다. 아우구스티누스는 이런 말을 했는 기라. 나의 실력의 불충분한 것을 아는 것만이 나의 실력의 충실이 된다. 우리나라 속담에는 기지도 못하는 것이 날려 한다는 말이 있는 기라. 제 실력으로 도저히 미치지 못할 것을 턱없이 하려고 하는 자를 비웃는 말인 기라. 실력도 없는 자들이 난무하는 세상에서 가장 중요한 성공의 포인트는 바로 실력이라는 말이 아니겠나? 실력파로 인정받기에 20년이 걸렸지만서도 행동의 수단은 바로 실력이어야 한데이. 잊지 말그레이. 순회공연 잘 끝내고 낸중에 또 밥이나 묵자.

040

오래된 착오는 지지자가 많다

비주얼 배우 이문식씨 모셨습니다

이문식

사채업자 얼굴인데. 무신 말이냐꼬요? 누구랑 좀 닮았네예. 그 사람이 여기 왔을 리가 없고예. 국밥을 시켰네예. 국밥을 좋아한다꼬예? 혹시 이문식 씨 아입니꺼? 맞지예? 아이고 문식 씨 맞네. 얼굴이 쪼매 달라 보이네예. 요새 고생을 마이 해 가꼬 삭았다꼬예? 삭은 기 아이고 곯았구먼. 삭은 기나 곯은 기나. 나이는 우찌 됩니꺼? 66년생. 나보단 두 살이 적네. 나는 반 배정 못 받은 6학년.

근데, 문식 씨는 우짜다가 탤런트가 됐어예? 뭔가 인생 얘기가 많을 것 같네예. 많다고예? 원래 몰락한 집안의 장손이라 육사를 가려고 했다꼬예? 시험에서 떨어지고, 배를 탈까도 생각했다꼬예? 뱃사람들 이미지도 좋지 않아 집안에서 싫어했던 것 같았다고예? 그래서 항공대학을 갔다고예? 바다에서 하늘로 올랐네예. 졸업했으몬 파일럿 됐겠네예. 지금 생각하몬 그것도 나쁘진 않았을 것 같았는데.

당시엔 파일럿이 뭔가 맘에 들지 않았습니꺼? 지금 생각하면 문식 씨처럼 비주얼이 되는 사람들이 파일럿 하몬 딱 제격이었다꼬예? 비주얼은 진짜로 자신 있십니꺼? 뭔가 착각하는 건 아니고예? 그라몬 연기도 시원찮은 문식 씨가 뭘로 영화판에서 버틸 수 있었겠냐고예? 맞십니더. 문식 씨는 누가 뭐라 해도 비주얼 배웁니더. 비주얼 땜시 운명적으로다가 배우가 될 수밖에 없었다꼬예? 그래 가 파일럿 걷어차고 한양대 연극영화학과에 들어가 결국 배우가 됐다꼬요? 군대 얘기를 하시겠다꼬요? 고만하입시더. 마이 묷다 아입니꺼.

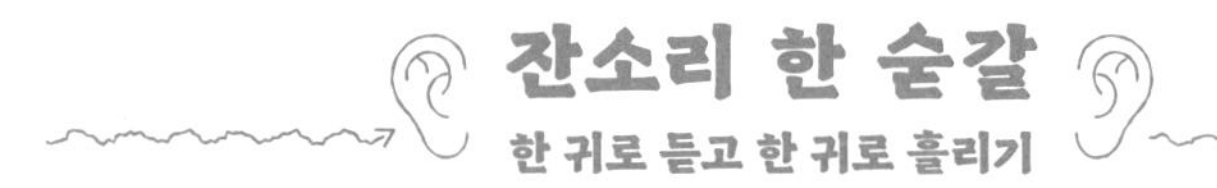

착각

파스칼 행님은 이런 말을 남겼다고 합니더. **피레네 산맥 이쪽에서의 진실이, 저쪽에서는 착오다.** 우리가 믿고 있는 진실이 시대나 사회나 처해진 환경에 따라 그 의미가 다를 수 있다는 말로 해석됩니데이. 덴마크 속담에는 **오래된 착오는 새로운 진실보다 지지자가 많다**는 말이 있다 캅니더. 착각도 자유라고 합니더. 그러나 문식 씨가 스스로를 비주얼 배우라꼬 주장하는 것은 착각이거나 착오일 수 있으나 내는 자신감이라고 봅니더. 잘못 알고 있는 지식일수록 새로운 진실보다 지지자가 많다는 것은 알지만 자신감은 곧 새로운 진실이 될 수 있다꼬 믿습니더. 지는 문식 씨를 비주얼 배우라고 믿습니더. 그 착각과 자신감을 믿습니더. 자신감 있는 착오와 착각이 곧 우리의 힘이라고 믿습니더. 또 만나 가 밥 한번 묵읍시더.

041 술은 변절자이다

박군 왔군 술꾼도 왔군

박군

박군 아이가? 박군이제? 내는 니를 잘 안다. 우찌 아냐꼬? 김대희한테 얘기 마이 들었다. 오늘은 삼계탕이네. 이래 좋은 음식을 준비해 줘 고맙다꼬? 니, 삼계탕 좋아하나? 억수로 좋아한다꼬? 소주 한잔하자꼬? 삼계탕을 우찌 맹숭맹숭하게 묵을 수 있냐꼬? 맞다! 닭에는 소주가 있어야지. 더구나 니가 한잔해, 한잔해로 하늘로 뿅 뜬 가수 아이가.

오늘 맘의 준비가 안 됐는데, 술이 들어가도 될지 모리겄네. 술 묵는 데 맘의 준비꺼정 해야 하냐꼬? 임마, 내가 나이가 60이다. 매사에 조심해야지. 대희처럼 막 살다가 잘못 하몬 간다. 가는 거 한순간이데이. 노래 부름시롱 술을 묵으몬 안 취한다꼬? 좋다. 오늘 니를 함 믿어 볼게. 건배사를 함 해봐라. 특전사 정신으로다가 함 해 보겄다꼬? 특전사 출신이가? 내는 수색대 출신인데.

"꼰대희 대박. 안 되면 되게 하라."

그냥 묵으면 안 되지. 한잔해, 한잔해, 한잔해 있잖아.

"다시 가겠습니다. 꼰대희와 박군이 한잔해, 한잔해, 갈 때까지 달려보다 개 된다."

가사를 바꿨네. 꼰대희, 개 된다. 쪼매 이상하다. 너무 마이 묵지 말자! 잘못하몬 개 되는 수가 있단 말이제. 맞다. 술은 적당히 마셔야지.

그라몬 다시 한 잔 묵고, 자, 자, 니도 묵어라, 자 함께 가보자. 술을 너무 빨리 비운다꼬? 니를 만나 기분이 좋아가 술이 술술 들어가네. 술은 술술 들어가야 한다꼬? 내 술을 술술 함 묵어 볼꾸마. 천천히 묵으라꼬? 개안타. 개 안 된다. 개 안 된다꼬? 알겄다꼬? 그래 사람이 개 되몬 안되지.

"한잔해, 한잔해, 갈 때까지 달려보자, 꼰대희 개 된다."

술이 확 올라오네. 좋다. 한 잔 더 묵자. 자, 부어봐라. 괜찮냐꼬? 개안타 걱정 마라. 오늘 기분 좋네. 정신이 없다. 한

잔 더 따라봐라. 빨리! 천천히 마시라꼬? 멍멍, 멍멍, 멍멍, 멍멍.

“형님, 꼰대희 형님! 갑자기 이상한 소리를 내고, 왜 이러십니까?”

멍멍, 멍멍, 멍멍~

잔소리 한 숟갈
한 귀로 듣고 한 귀로 흘리기

술버릇

영국 속담에는 이런 말이 있는 기라. **술은 변절자다. 처음에는 벗, 다음에는 적이 된다.** 술을 마실 때 처음에는 친구처럼 좋은데, 술에 취해 실수나 사고를 치면 웬수처럼 미워지는 기 술인 기라. 우리나라에는 술에 대한 속담이 엄청 많데이. **미운 놈 보려면 술장사 하라**도 있고, **술과 안주를 보면 맹세도 잊는다**는 말도 있고, **공술에 술 배운다**는 말도 있는 기라. 술묵고 내 멱살을 잡았던 후배가 있었던 기라. 갸를 불러놓고 와 그랬노 물었는데 뭐라 카는 줄 아나? 내가 그랬능교, 술이 그랬제. 그카드라. 술로 안 되는 일도 없다지만, 술로 되는 일도 없는 기라. 뭐라꼬? 술을 먹자는 얘기인지, 먹지 말자는 얘기인지 모르겠다꼬? 내도 모른다. 술 처묵은 넘이 뭘 알겠노? 술묵자, 딸꾹!

천국의 문은 눈물에 대해선 열려 있다

80만 채널 상속?! 콤비(1탄)

송영길 × 정승환

"그때 기억나는 일이 있어. 메인 작가님이 대희 형이 웃기려고 하지 않으니까 코너가 산다고 했잖아."

"항상 대희 형이 문제였지."

"말해 뭐해. 아주 징그러워. 꼰대희 형님도 대희 형님을 잘 아는 모양입니다."

알지, 와 몰라! 대희 갸는 자기가 웃기려고 하면 코너가 망해요. 그런데 니가 정승환이지? 나이가 우찌 되노? 4학년

1반이고, 니는 송영길이고, 3학년 9반이라꼬? 그라믄 말 틀께. 개그콘테스트 할 때 각 기수 1등으로 방송국에 들어왔다꼬? 승환이는 무신 내용으로 그 어렵다는 일등을 했노?

"요즘은 많이 좋아졌지만 옛날에는 핸드폰 들고 DMB를 보다가 터널로 들어가면 끊기잖아요. 그것을 아이디어 삼아 만든 개그였어요. 시청자 여러분 안녕하십니까? 긴급 속보입니다. 저는…… 입니다. 여러분 기쁜 소식입니다. 우리나라 축구 국가대표…… 마치겠습니다. 이런 식으로 했죠."

와우, 괜찮네. 인정, 인정. 1등 할 만하네. 둘이 항상 붙어 다녔잖아. 함께 했던 개그가 있을 것 같은데. 함께 했던 개그가 송영길이 최강면상이고, 정승환이 치아준수였다꼬? 송영길 얼굴은 보몬 최강면상이란 단어가 절로 떠오르는데, 저렇게 생기기도 힘들 건데. 치아준수는 뭘까? 치아를 한번 보몬 알게 될 거리고. 입을 벌려 볼래, 확 이해가 되네. 〈치아준수〉가 아이라 교정 필수네. 그러니까, 교정을 하지 않고 개콘 소재로 써묵었구나. 앞으로 치아교정 없이 계속 써묵을라꼬? 참 묵고 살기 힘드네.

김대희가 개콘 할 때는 하루종일 대기실 앉아 이런 얘기했다꼬 하더만. 근데 와 코를 잡고 있노? 야, 너 갑자기 왜 울어?

"선배님, 죄송해요. 갑자기 개콘이 생각났어요. 마지막

날이 지금도 기억나요. 김대희 선배님이 개콘을 지켜주지 못해 미안하다고 했어요. 그러고 나가버리셨거든요.”

그날 얘기를 와 하노?

“그 눈물이 제가 본 최고 악어의 눈물이었거든요. 개콘이 없어졌지만 저희들은 경제적으로 그렇게 힘들지 않았어요. 저희를 찾는 데가 여기저기 있었으니까.”

그럼, 뭐가 힘들었노?

“고향이 없어져 버렸잖아요. 저는 정말 힘들게 개그맨 됐고, 개콘에 들어갔거든요. 물론 운이 좋아 1등으로 들어갔지만요.”

너그들 그만 가라. 함께 있다가 여기 눈물바다 되겠다. 〈코빠랜드〉는 조회수 잘 나오나? 와 또 코를 잡고 있노?

“오늘 얘기한 거 조회수가 많이 나올까요? 근데 왜 코를 잡고 계세요?”

개그맨들에게는 개그콘서트가 마음의 고향이었다는 것은 다 아는 사실인 기라. 그 프로그램이 폐지가 된 것 때문에 내도 마이 울었다 아이가. 고향이 사라지몬 근본이 사라지는 기제. 어제는 울었으니 오늘과 내일은 웃으면 되는 기라. 알긌제?

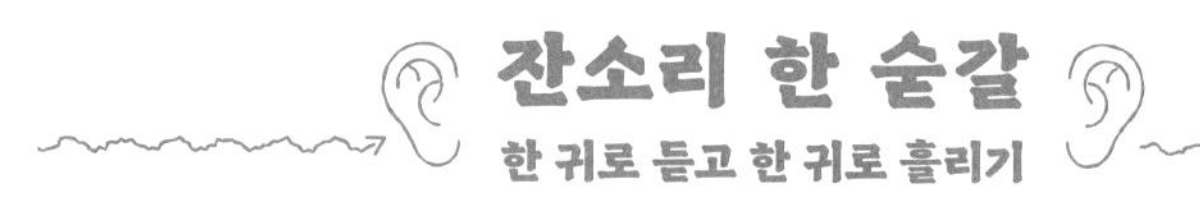

눈물

사람들은 어렵고 힘들 때 눈물을 흘리지만서도, 어디에서 들은 얘기인지 기억이 나지 않지만서도 **여자의 눈물은 승리의 눈물이며, 남자의 눈물은 패배의 눈물이다**라는 말이 생각이 난데이. 실감이 나는 표현은 아니지만 남자가 눈물을 보일 필요는 없다는 생각인 기라. 러시아 속담에는 이런 말이 있는 기라. **눈물은 어떤 괴로움에도 도움이 안 된다.** 괴로울 때 우는 것은 타인의 공감을 얻기 어렵다는 뜻으로 읽히는데 해석이 잘 안 되는 기라. 탈무드에는 이런 말이 있데이. **천국의 문은 기도에 대해선 닫혀 있더라도 눈물에 대해선 열려 있다.** 무슨 뜻이겠노? 지난 날을 반성하고 성찰하면 좋은 날이 온다는 그런 의미로 읽힌데이. 잘 지내고 또 보제이.

꼰대희
밥묵자

Part 3 예禮 _사양하는 마음

예
禮

나이는 모든 것을 훔친다

전 소미입니다! 전 꼰대입니다

전소미

와따, 씨, 간만에 내가 좋아하는 음식이 나왔네. 니, 족발 좋아하나? 좋아해? 다행이다. 그래, 묵자. 그나저나 니는 직업이 배우야? 가수라꼬? 이름이 뭐야? 전소미? 전 '소미'입니까, 전 '꼰대'인데요. 안 웃겨? 알았데이. 어데 전 씨고? 엄마한테 못 물어봤어? 반드시 물어 봐가 가슴에 새기야 한데이. 뿌리를 모르면 한국 사람이 아닌 기라.

니는 몇 살이고? 2학년 2반? 젊은 놈이 와 한숨을 쉬노?

나이가 두 살이 깎일 줄 알았는데 한 살밖에 안 깎이가 아쉬워? 도대체 뭔 소리를 해쌓노? 아아, 2023년 6월부터 시행된 만 나이를 도입하는 그 야그구만. 사법과 행정 분야에서 만 나이를 도입한 것은 나라의 일이니 우짤 수 없는 기라. 만 나이를 계산해 보이까네 한 살밖에 안 깎인나? 그래도 니 나이는 어리니까 한두 살 더 먹는 거는 응 큰 데미지가 없어. 내 같이 인자 나이 든 사람들이 한두 살이 크다 이 말이다. 이게 데미지가 엄청 커요. 그만큼 인제 갈 날이 멀지 않았다 그 말이다.

그래, 가수는 언제 데뷔했노? 중3 열여섯 살 때? 어린 나이에 시작했네. 아버지는 뭐 하시노? 캐나다 사람이야? 고뤠? 아부지는 국제 화합의 시대를 걸으셨네. 태권도? 아버지가 태권도를 배우려고 한국에 와가 어무이를 만나 결혼을 하신 거네. 아부지는 태권도 몇 단이고? 4단? 니는? 니도 4단? 알았다, 알았구마. 말로 하자, 말로.

뭐라꼬? 젊은 니가 사주를 봤다꼬? 근데 니 전성기가 60대라고 했다꼬? 점쟁이가 2학년짜리한테 6학년 때가 전성기라고 했으마 그기 사주를 봐준 기가, 욕을 한 기가? 내가 보기에는 쌍욕을 한 거 갈구마는. 니가 60대에 성공해 가 내를 찾아온다꼬? 음료수 박스를 들고? 그때 내는 어딘가에 누워 있지 않겠나. 어데긴 어디겠노, 지하겠지. 무슨 지하? 야가 뭔

소리를 하노. 지하, 무덤, 밑바닥, 정말로 2학년 2반이 맞나? 말하는 거는 거의 뭐 4학년 2반인데? 우쨌든 어린 나이에 철들어 다행인 기라. 장하데이.

잔소리 한 숟갈

한 귀로 듣고 한 귀로 흘리기

나이

사람은 별거 없데이. 밥묵을 때 보면은 됨됨이를 대충 알 수 있는 기라. 나이는 숫자에 불과하다는 말도 있지만서도, 속이기 어려운 것이 또한 나이인 기라. 루소 형님은 **10세에는 과자에, 20세에는 연인에, 30세에는 쾌락에, 40세에는 야심에, 50세에는 탐욕에 움직여진다**꼬 했다이. 유대인의 속담에는 이런 말도 있는 기라. **일곱 살 때는 일곱 살답게, 일흔 살에는 일흔 살답게 행동하라.** 성현의 말씀 중에는 이런 말도 있데이. **나이는 모든 것을 훔친다.** 니는 한창 젊어서 모든 것을 훔칠 나이인 기라. 멋대로 살아라 그 말인 기라. 꼰대희가 이르노라. 나이를 먹으면 슬기로워진다는 말, 다 뻥이야.

044

물러나려거든 그 전성의 때를 고르라

부드러운 조선의 4번 타자 대호 씨

이대호

이대호! 대호야, 반갑데이. 이게 뭐냐꼬? 소주 아이가. 우리는 소주를 이래 쌓아 놓고 묵는다. 운동선수도 왔으니까, 쪼매 마이 쌓아 놨다. 그란데 이 소주는 롯데에서 나온 거 아이가? 참말로 부드럽고 좋네. 니가 롯데 자이안트잖아. 뭐라꼬? 은퇴했다꼬? 은퇴는 해도 롯데 아이가. 롯데가 해병대냐꼬? 무슨 말이고. 아, 알았다. 한 번 롯데는 영원한 롯데다. 니 센스 있네. 아무튼 니는 롯데의 전설이다. 롯데가 아이고, 야구의 전설이다.

한잔하자. 제로 슈가 소주, 참말로 좋네. 이라다 다 묵겄네. 너무 취하면 안 되는데. 구독자 떨어질라. 근데 잘 들어간다. 니는 우짜다가 야구를 했노? 초등학교 때, 까무잡잡한 아가 전학을 왔다꼬. 누고? 누군데? 추신수라꼬? 추신수? 그라몬 니캉 추신수캉 초등학교 동창이가? 와, 니가 추신수 땜시 야구를 시작했네. 갸가 니 야구의 은인이라꼬? 추신수가 좋은 일 했다. 내 생각엔 추신수가 없었다 캐도 야구는 했을 끼다. 니가 야구 말고 뭘 했겠노. 니는 야구를 위해 태어난 인생인데. 추신수를 만나 빨리 시작한 기다. 맞제? 대호야, 니는 운명적으로다가 야구를 할 수밖에 없었을 끼다. 고맙다꼬? 고마울 것은 없다. 내가 참말을 한 긴데. 오늘 와 이래 좋노.

롯데의 전설인데, 더 해도 되는데, 와 선수 생활을 그만두었노? 그래? 운동을 하고 있는데, 구단 코치가 다가와 먼저 인사를 했다꼬? 아, 그래? 그때부터 이제 물러날 때가 됐다꼬 생각한 기가? 니는 우짜든지 야구를 하고 싶어 하는 꿈나무들을 키워보고 잡다꼬? 그거 좋은 생각이다. 니도 어릴 때 부모 없이 뭘 해야 될지 몰랐다꼬? 니도 그런 아픈 과거가 있었구나. 갑자기 술이 확 받네.

마이 취한다. 자, 응원가 부름시롱 끝내자. 오호, 롯데 이대호! 오호, 롯데 이대호! 오호, 롯데 이대호! 뭐라꼬? 이래 끝

내도 되냐꼬? 하모, 우린 특별히 컨셉이 없데이. 조회수 많으
몬 되는 기라. 하모, 하모.

잔소리 한 숟갈

한 귀로 듣고 한 귀로 흘리기

은퇴

은퇴에 대해 소설가 스타인벡이 한 이런 말을 했데이. 인간에게는 온당한 존경을 받으며 은퇴해야 할 시기가 온다. 극적인 것도 아니고 자신이나 가족에게 벌을 주는 것도 아니다. 단지 작별을 하고 목욕을 하며 기분을 가다듬고 그리고 면도날을 들고 따뜻한 바다로 가는 것이 그것이다. 또 성현이 말씀하시되, 일을 사양하고 물러서려거든 마땅히 그 전성(全盛)의 때를 고르라. 몸 둘 곳을 고르려거든 마땅히 홀로 뒤떨어진 자리를 잡으라 캤다. 이 말은 누가 했는지는 모르지만서도 멋있제? 최고의 전성기를 누리고 있었으면서도, 만류를 뿌리치고 은퇴를 선언한 기는 정말로 위대한 결단이었다는 것을 부산 갈매기들도 다 안다. 돌아갈 때를 알고 떠나는 자의 뒷모습은 참말로 아름답데이. 또 만나가 밥묵자.

아들은 기대되는 모습에서 사랑한다

집 나갔던 아들이 돌 맞고 돌아왔다

장동민

아부지, 근데 이게 뭡니꺼?

니 온다 캐가 좋아하는 떡볶이 시킸다 아이가. 떡볶이 찌개야? 뭐 여 사장이 어잉 니한테는 뭐꼬? 오촌 당숙에 조카뻘이니까. 뭐 내한테도 조카뻘 된다. 와 맛있습니더. 우리 꼰 씨 집안에 마 뭐 이런 거 하는 사람도 있습니꺼? 식구고 가족이 하는 건데 팔아줘야지. 무라. 잘 먹겠습니더.

이게 차돌 떡볶이. 크림. 이게 로제예요. 이게 로제. 이게 크림. 알았다. 이게 차돌. 이게 로제. 이게 크림. 무 봐라. 와 아는 건 뭐 개코도 없네예. 애비한테 막 뭐라카노? 죽이네. 아니 떡꾼이네 떡볶이라꼬 임마가 어렸을 때 별명이 떡꾼이었어. 떡을 좋아했다. 어렸을 때부터 뭐 하나만 좋아해도 이래 성공한다 아닙니까. 맞아. 야 내도 어렸을 때부터 떡 좀 좋아할 걸. 니 돌 맞았다며? 뭐 대가리에 맞았나? 그렇지요.

아부지, 장가 보내 주이소. 결혼할 처자는 있나? 없으니까, 왔다 아입니꺼? 이 미친 ×아, 결혼할라꼬 가출했다가 돌아왔나? 여자 좀 소개시키 주이소. 괜찮은 처자 하나 있다. 역시 아버지밖에 없다 아이가. 아이 맛있네요, 이거. 가만 있어 봐라, 전화해 보자.

여보세요? 아, 내 저기 꼰대희 아저씨다. 뭐 같은 동네 사람인데 무슨 팬이라 카노. 그 저기 내가 평상시에 참 눈여겨 봤거든. 우리 동네 처자 중에 그래도 니가 인사성도 바르고 뭐 생얼이기 때문에 어, 참, 응, 너무 괜찮게 생각했데이. 내 예전에도 한번 얘기했제? 내 아들내미 하나 있다꼬. 내가 한번, 만남을 한번 내 주선하겠다고 했제? 아들이 오랜만에 집에 놀러 왔는데 시간이 되면 함 보입시더. 알았다꼬? 오케이, 전화 끊는데이. 아들 때문에 밸 짓을 다한데이.

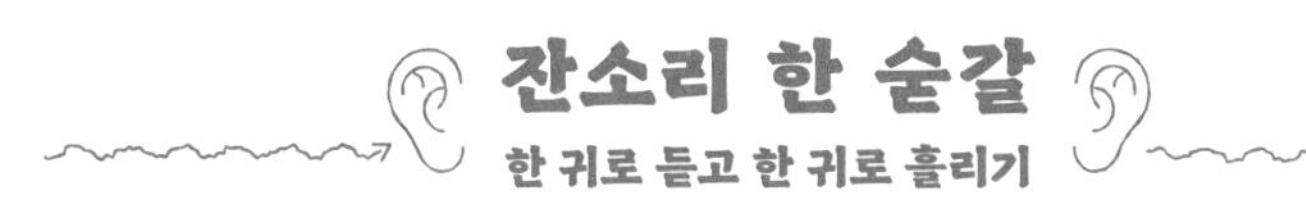

돌아온_탱자

괴테 행님이 무슨 말을 했는 줄 아나? **사람들은 딸은 있는 그대로의 모습으로 사랑하고, 아들은 기대되는 모습에서 사랑한다.**꼬 했는 기라. 이기 무슨 말이겠노? 딸들은 밸 문제가 없는데 아들노무 ××들이 영 시원찮다는 말이 아이겠나. 김대희는 아들에게 전혀 기대하는 모습이 없다 카더라. 김대희는 딸만 셋인 기라. 우리나라 속담에는 **영감님 주머니 돈은 내 돈이요 아들 주머니의 돈은 사돈네 돈이다**라는 말이 있다. 아들의 돈은 그 아내인 며느리의 돈이라는 뜻이 아이겠나. 물론 옛말이 그렇다고 또 그렇게만 살아서는 안 되지. 자기 부모님한테 잘해야 하는 기는 아들도 당연지사인 기라. 아들은 아들맹키로 든든한 자식이 되면 부모님 입장에서는 그만큼 고마운 일이 없을 기라. 그기 아들들이 살아남는 방법인 기라. 알긋제? 떡볶이 그만 묵고, 밥묵자.

046

부부 간의 대화는 외과 수술이다

성덕과 성령

김성령

김성령 씨! 씨가 아이라 선생님. 반갑십니더. 대배우를 이래 만나네예. 반갑십니더. 존경합니더. 평소 마이 뵙고 싶었십니더. 오늘은 얘기 안 하고 얼굴만 보고 있어도 행복하겠네예. 그냥 서로 쳐다보는 걸로 할까예? 그란데, 나이가… 여배우한테 나이를 물어 봐도 실례가 되지 않을까예? 5학년 6반으로 하자꼬예? 그기 무신 말인지? 아무튼 내는 6학년이니까네 안심이네예. 그래도 말을 놓아도 될까예? 지가 나이가 좀 있으니까예. 말을 놓도록 하지예. 개안타꼬예. 말 놓아라꼬예. 알겠심니더. 알겠다. 성령아, 아무래도 어색하네. 나, 오늘 왜 이럴까?

근데 비결이 뭡니까예? 5학년 6반인데, 얼굴이 팽팽한 비결이 있을 것 같아예. 세안을 할 때 특별한 비법 같은 게 있을 것 같아예. 뭐라꼬예? 집에 있을 때는 세수를 하지 않는다꼬예. 완전 털털하네예. 역시 사람은 만나 봐야 안다니까네. 내가 생각했던 김성령이랑은 완전 딴 판이네예.

근데 요즘 뭐하십니꺼? 바자회 준비한다꼬예? 매년 올해가 마지막이라고 하몬서 지금꺼정 끌고 왔다꼬예? 전액을 기부하는 바자회라꼬예? 좋은 일 하네예. 김성령 씨는 미스코리아 출신인 것은 아는데 근데 연예계 데뷔가 언제였어예? 〈연예가 중계〉로 데뷔했다꼬예? 그때 가수 윤형주 씨랑? 함께 MC를 했다꼬예?

그 후에 영화 〈누가 용의 발톱을 보았는가〉를 찍었다꼬예? 그 영화 잘 압니더. 유동근 씨 나오는 영화 맞지예? 그건 〈용의 눈물〉이라꼬예? 그 영화는 박근형, 안성기, 신성일 씨가 나왔다꼬예? 초호화 개스팅이네예. 그래서 좀 힘들었다고예? 그래서 중요한 영화제 상을 셋이나 받았다꼬예? 와우, 근데 그 뒤로 부담이 커서 십오 년 동안 영화를 못했다꼬예? 영화가 그래 힘들었습니꺼?

김대희가 어렸을 때 이상형이라 카던데 슬하에 자식은 우찌됩니꺼? 아들만 둘입니꺼? 내는 아들 동민이 하나 딸 뽕숙이 하나입니더. 남편은 뭐하십니꺼? 부산에서 사업을 하신다꼬예? 부산에 여행을 왔다가 남편 분을 만나셨다꼬예? 그런 인연이 있으셨네예. 만나 가 반가웠고예 하시는 일마다 잘되시기를 빕니더. 내도 도망간 뽕선이를 기다리면서 살랍니더. 살펴가이소.

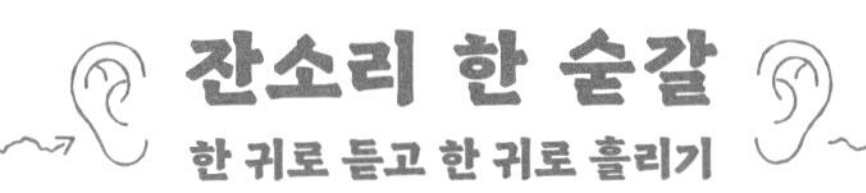

부부

『탈무드』에는 이런 말이 있다 캅니더. 아내의 키가 작으면 남편 쪽에서 키를 줄이라. 우월한 쪽에서 부족한 쪽으로 맞춰주는 것이 바람직한 부부생활이지예. 모루아는 이런 말을 했다 캅니더. 부부간의 대화는 외과 수술과 같이 신중히 하지 않으면 안 된다. 모종의 부부는 정직이 지나쳐 건강한 애정에까지 수술을 하여, 그로 인하여 죽어버리는 수가 있다. 부부간의 대화도 조심해라, 그 말이겠지예? 모루아는 부부에 대해서 더 강조를 했다 캅니더. 부부란, 그것을 구성하는 두 사람 중에서 낮은 쪽의 수준에 맞추어 사는 것이다. 누가 수준이 낮은지는 모르겠지만서도 그동안 뽕선이에게 못해줘 가 늘 마음이 아팠던 기라예. 뽕선이가 돌아오마 검은 머리 파뿌리가 되도록 살겠습니더.

047

모난 돌이 정 맞는다

다나카, 꼰대희에게 지명받았습니다

다나카

이분은 다나카 상. 유명한 일본 분인데, 제가 초대했어예. 일본 사람을 위해 오늘은 부산오뎅을 준비했고예.

"저를 어떻게 압니까?"

알지, 와 몰라. 내가 팬인데. 진짜냐꼬? 당연히 진짜지. 우찌 알았냐고? 유튜브를 보다가 다나카 상 채널을 우연히 발견했지예. 너무 재밌는 기라. 완전 내 스타일. 그래서 내가 다나카 상을 지명했다고 할 수 있지예.

개그맨 김경욱 씨가 다나카 상을 좀 잘 안다 해 가꼬 돌아 돌아서 섭외를 했지예. 다나카 상을 내가 이렇게 영접을 하네. 영접함시롱 와 술이 없냐꼬요? 술을 마실 줄 알아예? 원하면 술을 준비하지예. 우리 PD는 아는가? 일본에서 유흥업에 종사하는 분이고, 〈나몰라 패밀리〉 채널로 아주 유명하지예. 그런데 한국말 억수로 잘하네예.

"K-드라마 매일 보잖아. 넷플릭스로 우영우도 보고, 개콩은 어릴 적에 비디오테이프로 봤습니다."

개콩이 뭐꼬? 개콘? 개그콘테스트?

"맞아요. 개그콘테스트에서 김대희 아주 재미있습니다."

김대희 일본에서도 유명한가?

"별로. 전혀 유명하지 않아. 나 혼자 좋아해요. 절대로 인기가 없지만 나만 인정하는 김대희, 아참, 꼰대희 독자 여러분! 재미없는 꼰대희를 버리고 나몰라 패밀리 오세요."

그래 말하몬 사람들이 안 가! 그럼 우찌 해야 꼰대희 버리고 나몰라 패밀리로 찾아가냐꼬? 그건 다나까 상이 여기서 조회수 올려주면 찾아갈 끼라. 우리 독자들은 재미 찾아다니는 하이에나들이데이.

"우리 독자는 더 하지."

근데 본명이 다나카가 맞노? 성이 다나카이고, 이름이 유키오? 유키는 눈, 스노우란 뜻이고, 오는 아이란 뜻, 눈이

오는 아이라꼬? 나이는 우찌 되노? 2학년 9반이라꼬? 건배사 함 하자.

"다나카가 있어, 꼰대희가 있고, 꼰대희가 있어 다나카가 있소."

다나카, 호스트하신다는 아버지 함자는 우찌케 되노? 카베진? 아버지가 현재 80살인데 호스트로 왕성하게 활동하고 있다꼬? 할아버지의 존함은? 동전파스? 할머니 존함은? 샤론파스? 알았다, 고마 해라.

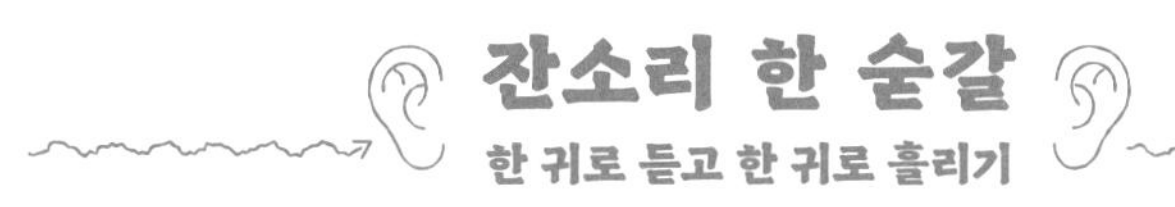

본캐와_부캐

오하요 고자이마스. '본캐'와 부 캐릭터의 준말인 '부캐'를 이해하지 못하는 사람들도 있지만서도 내도 엄청 놀랐는 기라. 본 캐릭터와 부 캐릭터가 너무 차이가 커서 온 국민이 놀랐데이. 우리나라 속담에 **모난 돌이 정 맞는다**는 말이 있는 기라. 성질이 원만하지 못한 사람과 너무 뛰어난 사람은 남에게 미움을 받는다는 뜻인 기라. 그렇지만서도 걱정하지 마라. 문화적 현상에 대해 현대의 사람들은 언제든 용서할 준비가 되어 있다. 내는 본캐와 부캐를 끝까지 응원한데이. 그 간극을 열심히 연구하고 활동해 가 미움을 사랑으로 바꿔버리면 아무런 문제가 없는 기라. 알았제? 오뎅 묵자.

048

달구지를 끄는 것은 말이 아니라 귀리다

기둥뿌리 뽑히따 이런 히밥…

히밥

대모님, 소곱창입니더. 이것밖에 준비를 안 했냐고예? 아입니더. 더 있습니더. 좀 마이 묵는단 말은 들었심니더. 집 앞에 대형 슈퍼마켓이 있어 카드만 갖고 나가몬 원하는 대로 올마든지 수급이 가능합니더. 고기가 없어 몬 묵는 일은 없을 깁니더. 다만 돈 없어 몬 묵을 수는 있겄지만서도.

고맙다꼬예? 지한테 말을 놓으소. 항렬로 보몬 대모라 나이는 까마득히 아래지만 지는 말을 놓을 수 없심니더. 나이보다 중요한 게 촌수라꼬예? 맞십니더. 아무리 꼰 씨가 비루한 상놈 가문이라 해도 따질 건 따지야지예. 그래도 양심이 조금이라도 있으몬 지한테도 존대할 줄 알았더만 바로 말을 까시네예. 대모님이 보수적인 분이라꼬예. 저희 집안이 또 보수적이잖아예. 대모님, 연세는 우찌 됩니꺼? 스물여섯 살, 2학년 6반. 뭐하고 지냈십니꺼? 먹고, 자고, 싸고? 싸는 얘기는 굳이 안 해도 됩니더.

PD야, 소곱창 더 갖고 온나. 아이고, 많네. 대모님, 고기는 올매나 드십니꺼? 5Kg을 묵는다꼬예? 소고기는 1인분에 180그람이니깐, 10인분이마 1.8Kg, 20인분이마 3.6Kg, 뭐 대충 30인분이네예? 하루 한 끼로 그걸 다 드신다꼬요? 잠깐만. 얘기하는 사이에 불판 위의 곱창이 다 사라졌네예. 누가 이걸 한순간에 다 묵었지. 지가예? 지는 아즉 젓가락 들지도 안했십니더. 하이고, 기둥뿌리 뽑히따.

잔소리 한 숟갈

한 귀로 듣고 한 귀로 흘리기

먹방

고기를 드시는 걸 눈으로 직접 보이까네 대모님의 식성이 하늘을 찌른다는 것을 이제 알았습니더. 우리나라 속담에 **수염이 댓자라도 먹어야 양반**이라 캤습니더. 사람으로서는 먹는 기 제일 중요하다는 뜻이겠지예. 벨기에 속담에는 이런 말이 있습니더. **달구지를 끄는 것은 말이 아니라 귀리다.** 말이 음식을 묵어야 달구지를 끌 수 있다는 말이겠지예. 우리 속담에는 **싫은 매는 맞아도 싫은 음식은 못 먹는다**는 말이 있습니더. 한 번 양이 차도록 먹은 후면 아무리 먹으려 해도 더는 못 먹는다는 뜻이겠지만 맛없는 음식은 먹기 힘들다는 뜻으로도 해석이 됩니더. 지는 먹는 만큼 힘이 생긴다고 믿습니더. 우짜든 대모님께서는 드신 만큼 행복하시기를 빕니더.

이름은 실체의 그림자다

나랑 밥묵어 듀오

다이나믹 듀오(개코+최자)

그렇지, 그래야지. 어른이 먼저 숟가락을 든 후에야 아들은 수저를 들어야 한데이. 그기 예절인 기라. 김치찌개가 좋네. 마이 무라. 뭐? 색깔을 딱 보이 김치가 중국산이라꼬? 봐라봐라, 내가 재작년에 직접 담근 김장김치 남았나? 그거라도 좀 주지? 돈 마이 버는 입장이 아이믄 반찬투정 하는 기 아이다. 알겠나?

어디 보자. 내가 관상은 좀 보는데 니들은 뭐꼬? 개그맨들이야? 가수라꼬? 무조건 아이돌은 아니네, 그러니까 연식이 좀 돼 보인다 이 말이다. 40대 중반이라? 가수인데 아이돌은 아닌 가수고 이름이 뭐 어떻게 돼? 힙합 하는 가수, 다이나믹 듀오? 결혼 정보 업체 이름이랑 똑같네. 니 이름은 뭐꼬? 개코? 와 개코고? 코가 개같이 생깄다고 개코라꼬? 그기 이름이야, 욕이야? 와 이름을 그따구로 짓노 말이다. 니는 이름이 뭐꼬? 최자? 야, 친구는 개코라고 짓고 와 니는 이름을 정상적으로 짓노? 사연이 있어? 최강자의 준말이라서 최자? 아이야? 최강××의 준말? 아, 어렸을 때 2차 성징이 일찍 와가 물건이 남들보다 컸다 그 말이가? 그래서 초등학교 6학년 때부터 만나 중학교 때 부르던 별명을 가수 활동명으로 쓰고 있다 이 말이제? 무슨 말인지 알겠다.

내 친구가, 양봉하는 친구가 있어요. 친구가 직접 1년 전에 술을 담가가 지금 딱 먹기 좋을 때라고 나한테 선물로 보내줬어요. 한 잔씩 마셔 보자고. 지금까지 본 술병 중에 가장 무서워 보인다꼬? 양봉이 아이라 양잿물처럼 보여? 야들이 말이면 다 말인 줄 아나.

이게 귀한 술이야. 이기 술이 아이고 약이야 약. 하루에 소주잔 한 잔 정도 자기 전에 먹으면은 최강이 최최최강이 된다고 했다니까. 뭐라꼬? 마시면 눈이 멀 것 갈다꼬? 내 친구가 임마, 내하고 임마, 50년 지기 친구야, 임마. 50년 지기 친구가 양봉하는 친구예요. 친구가 내더러 장님이 되라꼬 이걸 보내왔겠어, 어? 내가 먼저 먹어보께. …. 묵지 말자, 최최강이고 뭐고 간에. 묵다 디지겄다.

잔소리 한 숟갈

한 귀로 듣고 한 귀로 흘리기

닉네임

사람들은 고약해서 신체적 특징을 가지고 별명을 붙여 놀리곤 하는데 그걸 닉네임이라 칸다드라. 느그들은 그런 콤플렉스를 승화시켜 가 별명을 애칭으로 삼은 것은 참말로 잘했데이. 누가 한 말인지는 모르겠지만서도 **이름은 실체의 그림자**라는 말도 있다. 자고로 순자께서 말씀하시길 **이름을 훔치는 것은 돈을 훔치는 것과 같다**꼬 말씀하셨는 기라. 무슨 뜻이겠노? 명성을 탐내는 자는 도둑놈과 같다는 얘기인 기라. 지나치게 명성만을 쫓을 게 아니라 음악을 통해 사람의 마음을 훔치는 게 중요한 기라. 아무쪼록 20년 넘게 힙합의 전사로 살아온 다이나믹 듀오의 발전을 기원하고, 이름처럼, 별명처럼 개의 코 같은 예민한 음악적 감각과 꺼질지 모르는 최강자의 왕성한 활동으로 성공하기를 진심으로 바란다. 알긋제? 밥묵자.

050

가정이 화목한 사람은 믿을 만하다

태릉선수촌에서 돌아온 처제

김민경

전 누굽니까? 처제 아이가 처제. 제가 처제예요? 집 나간 봉선이 동생 아이가, 와 그라노. 맞다, 형부. 그래, 어쩐 일이고? 언니요. 누구? 우리 언니요. 언니 얘기할 거면 집에 가라, 언니 언제 데리갈 낍니꺼? 지가 나갔다 아이가. 언니가 우리 집에 있으니까 제가 연애를 몬합니더. 남자를 집에 부를라 캐도 언니 때문에 못 부릅니더. 어, 열 받네. 언제 데려갈 낍니꺼? 내한테 잘못했다 카기 전까지는 이 집안에 응? 들일 생각이 음따. 미안하다, 처제. 내 시집 못가몬 형부 책임입니더. 무섭데이 째려보지 마라. 언니하고 형부는 결혼을 은제 했는데요? 서른에 했나. 언니가 내보다 두 살 연상이다. 언니랑 내는 한 살 차인데 그라몬 형부는 내보다 어리네? 이거 관계가 어떻게 되는 기고.

요즘 우예 지내노? 그래도 옛날에 운동 잘해 갖고 국가대표도 하고, 그랬다 아이가. 역도였나, 투포환이었나? 리듬체조요. 니가? 야, 우리 언니는 발레, 내는 리듬체조. 그 뭐 요즘은 그래 뭐하노? 뭐 하는데? 죽겠습니더. 계속 운동만 시킵니더. 무슨 회사가 개그맨한테 운동만 시키노. 나도 스튜디오 가고 싶은데. 아무리 얘기해도 매니저들이 말을 안 듣습니더. 지금 무슨 운동하는데? 주짓수요. 참말이가, 누굴 죽일라꼬? 형부요. 언니 복수 할라꼬.

스파게티 맛있어 보이네. 맛있습니더. 근데 이거 진짜 맛있어예. 매니저들이 맨날 단백질만 멕인다 아입니꺼. 고기만 멕여. 야야, 스파게티 한 5개 더 시켜 주라. 모자랄 거 같은데, 마이 무라. 매니저 오빠야, 농담인 거 갈나?

형부, 뽕숙이를 얼마 전에 만났는데 화가 많이 났던데예. 와? 자기를 여기 출연시켜가 이용해묵고 양주 한 병 줬다꼬. 그건 내가 준 것도 아이다. 그럼 뭡니꺼? 지가 그냥 가져가뺐다. 그래가 준 게 아이야. 그것도 모잘랐는지 막 애들한테 돈

내놔라 카고, 내한테도 돈 내놔라 카고, 가방 받아야 되겠다 카고 난리였는 기라. 무신 고등학생이 샤넬 백을 내놓으라 카고 발렌타인 30년산을 들고 튄단 말이고?

형부, 근데 지는요 개그맨 김대희 씨를 생각하면 기분이 좋아집니더, 진짜로. 와? 김대희 선배가 날 너무 이뻐해줬기 땜에 가족들도 너무 좋아합니더. 전 진짜로 김대희 너무 좋아합니더. 진짜로 진짜. 결혼할라 카믄 김대희 같은 사람 만나서 결혼할 낍니더. 가정적이지, 김대희 금마가? 애들 항상 학교 보내주고 유치원 보내주고 오지. 끝나면 집에 바로 가지. 가정이 화목하게 사는 사람은 믿을 만합니더. 다 그런다 아이가. 가끔은 집에 안 갈라꼬 게임 만들지. 잘 나가다가 와 그라노? 어, 뭐꼬? 참말로 스파게티가 다섯 개가 왔네. 이걸 다 먹는다꼬? 사람이가?

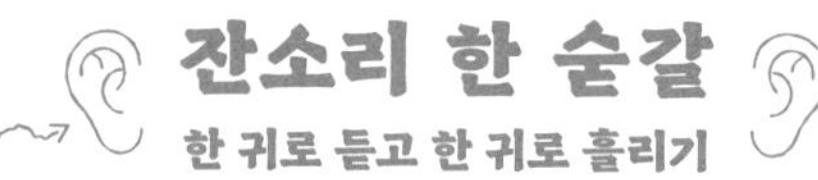

가정적인_남자

가정이 화목한 사람은 믿을 만하다. 내도 동의한다. 우리나라 속담에 남편은 두레박, 아내는 항아리라는 말이 있는 기라. 두레박으로 물을 길어다 항아리에 채우듯이 남편은 밖에서 돈을 벌어 집에 가지고 오면 아내는 그것을 잘 모으고 저축한다는 말인 기라. 뭐라꼬? 요새는 세상이 바끼가 반대의 역할을 해야 한다꼬? 내는 그래도 상관없다는 생각이다. 남편을 얻을라 카몬 가정적인 남자가 38 광땡인 기라. 남자가 잘나면 뭐 하고 능력이 있으몬 뭐 하노? 지만 잘난 줄 알고 아내와 자식에게 소홀한 남자는 가정을 꾸릴 자격이 없는 기라. 내는 가정적인 남자는 못 되었지만서도 내 주변에서 가정이 화목한 사람들은 보마 정말로 신뢰가 간데이. 하나를 보마 열을 알 수 있는 이치인 기라. 처제, 또 밥묵자.

051

평화로운 가정에는 행복이 저절로 찾아온다

집 나간 아내가 1년 만에 돌아왔다

신봉선

집에 안 들어올 거가? 응? 집 나간 지 1년이 다 돼 가지고 이기 말이 되나? 서울에 뭐 아는 언니 집에 있다매? 서울 가드만 완전히 마 뭐 세련되 가 좋겠네. 니가 무슨 20대가? 꼬라지가 그기 뭐꼬? 지는 엄마가 아이고 딸 봉숙입니더. 오늘 집에 와가 밥묵으라 캐놓고 카메라가 세 대가 있네예. 아버지요, 양아치입니꺼? 카메라가 어디 있다꼬 씨부리쌌노? 첫 촬영인데 도와준다매? 구독자가 5만 명도 안 되는 쪼렙 주제에.

느그 회사 건물은 좋더라.

니는 시집 안 가나? 엄마가 집 나갔다꼬 니까지 나가 갖고. 오데서 자취하노? 지는 고등학생인데예. 어? 기숙사에 있고예, 다음 달에 〈고등래퍼〉 나갑니더. 우리 아버지 꼰대! 우리 아버지 꼰대! 이 세상 최고 꼰대! 지는 고등래퍼입니더. 용지 잡을 낍니더. 고등학생은 좀 심한 거 아이가? 느그 오빠는 금마도 집 나가 갖꼬 원주인가 살대? 조용히 하이소. 얼마 전 차에 돌 맞았습니더. 할부 26개월 남았답니더. 아, 맞다. 느그 외할아버지, 장인어른은 잘 계시나? 돌아가셨습니더. 2014년도에. 김준호랑 같이 우리 아버지 돌아가셨을 때 문상왔다 아닙니꺼. 그거는… 그기는… 진짜 있었던 일이잖아? 이렇게 진행해도 되는 겁니꺼? 내도 모리겠다.

아빠, 아직도 첫사랑 지경선 아줌마를 못 잊었습니꺼? 그 여자 이름이 와 나오노? 아빤 아직도 지경선 아줌마 사진 맨날 본다 아입니까? 엄마한테 얘기하지 마래이. 아버지는 요새 준호 삼촌이랑 잘 지냅니꺼? 그노마는 말도 하지 마라. 준호 삼촌이 재작년에 상 탔을 때 내는 명품 지갑 사줬는데예.

아빠, 근데 애들이 자꾸 놀립니더. 뭐라꼬? 니 성은 와 꼰씨냐꼬? 꼰봉숙이 뭡니꺼, 꼰봉숙이. 우리 꼰 씨 가문이 얼마나 전통 있는 가문인데. 엄마가 그랬습니다. 쌍놈의 집안에

망할 놈의 집구석이라꼬. 근데 아버지예. 와? 할아버지 얘기 좀 해주이소. 할아버지는… 할아버지는 쌍놈이었다.

잔소리 한 숟갈

한 귀로 듣고 한 귀로 흘리기

아내

힌두스탄 격언에는 이런 말이 있다 카더라. 여자가 없으면 가정은 악마의 집이 된다. 틀린 말 하나 없데이. 바로 우리 집이 바로 악마의 집인 기라. 아내도 딸도 아들도 가출한 집안은 말 그대로 지옥인 기라. 엄중한 톤으로 부탁의 말을 전한데이. 제발, 집으로 돌아와 도. 중국 격언에는 이런 말이 있다 카더라. 평화로운 가정에는 행복이 저절로 찾아온다. 평범한 말이지만 새겨들을 말이데이. 가정이 평화로운데 와 불행이 찾아오겠노? 식구끼리 서로 위하고 서로 아껴주는데 무슨 수로 불행이 찾아오겠노. 집 나가보이 어떠트노? 힘들제? 집으로 돌아오레이. 이 악마의 집을 평화의 집으로 만들어 보자. 식구끼리 밥 한번 묵자.

052

세 사람 중에는 스승이 있다

내가 아는 타운은 업타운밖에 없는데

스낵타운(강현석+이재율)

내 너그들 알아. 개그맨 맞제? 아인가? 역시 기억력이 예전 같지 않네. 마이 헷갈리네. 내가 말 놓아도 되제? 니는 이재율이고, 2학년 9반, 옆에 앉은 니는 강현석이고, 3학년 2반이라꼬? 말 편하게 하라꼬? 지금 편하게 하고 있다. 조금 더 편하게 해주라꼬? 우찌 하란 말이고, 야이 ××들아. 그래 하니 좋다꼬?

너그들이 스낵타운이라꼬? 그 유튜브 내도 안다. 너거들이었구나. 와 스낵타운이고? 특별한 이유가 있나? 스낵, 과자처럼 짧게 즐기란 뜻으로 지었다꼬? 알긌다. 재율이랑 김대희가 데뷔 나이가 같다꼬? 니가 스물다섯에 데뷔했다꼬? 김대희는 스물여섯이라고 들었는데. 아이라꼬? 김대희도 스물다섯이라고 만으로 스물다섯인가? 아이라꼬? 만으로 스물넷이었다꼬? 니랑은 나이도 스무 살 차이에 경력도 20년 차이가 나더라꼬?

"근데 김대희 씨를 아신다고 들었는데, 잘 모르는 모양입니다. 언제 데뷔했는지도 모르는 걸 보니까? 그리고 대희 선배님 얘기 함부로 하지 않으면 좋겠습니다. 그것도 없는 자리에서 제가 열나면 아래위가 없는 사람입니다."

×나, 무섭네. 잘 하몬 치겠다. 못 칠 것도 없다꼬? 알았다. 김대희 말 안 할게. 너그 둘이는 어떻게 만났노? 현석이는 일반인이었다몬서? 예전에 '빵송국'이란 유튜브에 이창호, 곽범이라고 있었다꼬? 맞다. 갸들이 운영하는 만담 공연장에서 둘이 만났고마. 그래, 내 이창호랑 곽범이 잘 알지. 갸들이 말이야! 갸들이 너거들한테는 스승 같은 분이라꼬? 이창호, 곽범이 갸들이 큰일 했네.

"스승 같은 분이니까, 꼰대희 선생님께서 언급을 안 했으면 좋겠습니다."

그기 무신 말이고?

“두 분도 김대희 선배님도 감히 꼰대희 님께서 뒷담화하실 분들이 아닙니다. 꼰대는 꼰대들에 대해 말해야지 젊은 친구들을 뒷담화하는 것은 좀 그렇잖아요.”

물론 세대는 다르지만 좋은 말을 해주려고 하는데 그것도 안 되는 기가?

“꼰대가 좋은 말 해 봐야, 꼰대죠. 그렇잖아요.”

그 말은 한편으로 일리가 있긴 한데 꼰대도 사람인데 너무하는 거 아이가? 알았다. 후배들이 무서워가 살겠나. 알아서 처묵고 가라. 멀리는 못 나간데이.

잔소리 한 숟갈

한 귀로 듣고 한 귀로 흘리기

꼰대와_스승

선택된 스승은 위대한 교육이라는 말이 있는 기라. 라즈니쉬는 이런 말을 했다. 선생은 배우는 자를 다스리지만 제자를 거느리지는 못한다. 선생은 가르친다. 물론 선생은 가르칠 수 있는 것만을 가르친다. 《논어》의 〈술이편〉에는 세 사람이 길을 가면 그 중에는 반드시 내 스승이 될 만한 사람이 있다. 그중에서 좋은 점을 골라서 좇을 것이요, 좋지 못한 점은 살펴서 고쳐야 한다꼬 써있는 기라. 내나 김대희나 선배들이 선생은 못 될지언정 그들의 좋은 점과 좋지 못한 점을 잘 살피 가 반면교사로 삼아야 지혜로운 사람인 기라. 배울 점이 있다몬 그기 스승이고 선생인 기라. 마땅히 스승의 길을 따르는 기 사람의 도리인 기라. 알긌제? 또 보제이.

배우와 정치가는 닮았다

견자단이랑 돼지국밥 먹은 썰 푼다

견자단

누구지? 너무나 낯익은 얼굴인데예. 오데서 봤지예? 가만 있어라, 유명한 사람이라 캤제. 배우 김동완 씨인가? 김동완 씨보다 연배가 좀 더 있어 보인다. 닮긴 했는데. PD, 니 방금 뭐라 했노? 견자단이라꼬? 니 견자단이 누군 줄은 알고 견자단이라 하노? 그런 분이 여기 올 리는 없잖아. 세계적인 스타가 여기 부산 달맞이고개꺼정 와 오겠노, 뭐하는 분이시오?

"저는 견자단입니다. 초청해 주셔서 감사합니다."

참말이가? 진, 진짜로 견자단임니꺼. 아이고 영광임니더. 와우, 견자단. 지는 팬입니더. 이게 꿈인지 생시인지 모리겠네. 내가 진짜로 억수로 견자단의 팬입니더. 영어도 좀 하시나? 아이 러브 유. 뭐라꼬예? 이미 부인이 있다꼬예. 저도 지금은 집을 나갔지만 부인과 자식꺼정 있으니 그 부분에 대해서는 걱정하지 않아도 괜찮아예. 대배우신데 유머 코드도 장난이 아이네예. 제가 그 우떤 연예인이 와도 안 떨었는데. 지금 이 순간 마이 떨리네예. 나이가 우찌 됩니꺼? 63년생이라꼬예. 그라몬 제 형님이네요. 저는 64년생임니더. 자단이 형님, 너무너무 영광임니더.

한국에는 무신 일로 오셨십니꺼? 새로운 영화를 찍었다꼬예? 제목이 〈천룡팔부 교봉전〉이란 영화입니꺼? 그거 김용의 유명한 무협소설인데. 맞다꼬예? 그 소설은 영화나 드라마로 이미 제작되었다꼬예? 저도 봤지예. 하지만 최신의 기술로 만들어진 적은 없어예. 보겠냐고예? 당연히 봐야지예. 그기 말이라꼬 함니꺼. 팬심을 보여 줄 수 있냐꼬예? 팬심을 우찌 보여 주몬 되겄십니꺼? 그 영화를 제 혼자 마흔 번 이상 보겠심니더. 저는 그동안 자단이 형님이 나오는 영화는 죄다 봤습니더. 〈신용문객잔〉부텅 시작해 〈의촌도령기〉도 그렇고 〈정무문〉, 〈엽문〉 다 봤습니더.

지가 만나몬 꼭 물어보고 싶은 게 있었는데, 영화 〈엽문〉

을 촬영할 때 옆문으로 들어갔십니꺼?

"저는 항상 정정당당하게 정문으로만 다닙니다."

자단이 행님이 웃는 걸 보이 국적은 달라도 아재개그가 통하는 모양입니더. 우짜든지 견자단 행님의 영화가 대박이 나길 바랍니더. 응원합니데이.

잔소리 한 숟갈

한 귀로 듣고 한 귀로 흘리기

배우

영화를 잘 봤습니더. 비니라는 사람은 이런 말을 했다고 합니더. 배우들만큼 행복한 자는 없다. 그들은 아무런 책임을 안 지고 영광을 얻는다. 남의 삶을 대신하는 배우들의 노력과 수고를 비하하는 것 같지만서도 우찌 보믄 부러워하는 표현인 것 같습니더. 바이달이라는 사람은 배우들은 정치가를 닮았고, 정치가들은 또 배우를 닮았다꼬 설명합니더. 배우나 정치가 들은 자신이 남의 눈에 어떻게 보일지 염려하기 때문인 것 같습니데이. 조용히 혼자 있을 때보다는 아내와 자식들과 함께 지내는 걸 좋아하신다니 다행입니더. 그래 가정적으로 살아야 글로벌 배우로서 오래 우리 가슴 속에 남아 있을 깁니더. 살펴 가이소.

054

노래는 감각을 매혹시킨다

스위스에서 온 스윙스가 헛스윙을 하면서 스윙칩을 묵는다꼬?

스윙스

여가 제목이 밥묵자인데, 이기 뭐꼬? 죄다 내가 싫어하는 거마 있네. 닭가슴살, 호밀빵, 고마 묵자! 근데, 니 이름은 뭐꼬? 본명이 문지훈이라꼬? 본명이라몬 그럼 다른 이름도 있어? 가명이 있단 말인가? 스윙스? 혹시 스위스 살다 왔나? 스위스가 아이라 미국이라꼬? 내는 스윙스라고 해서 스위스인 줄로만 알았네. 미국에서 7년 살았다꼬? 7년이 아이라 9년이라꼬? 7년이나 9년이나. 어차피 10년 밑으로 산 거 아이가. 사소

한 데 목숨 걸지 마라. 알았다꼬. 그라몬 됐다.

그래도 미국에서 살다 온 사람치고 예의가 있네. 다 그런 건 아이지만 미국 살다 오몬 싸가지들이 없는데. 스윙스 이름으로 랩을 한다꼬? 랩이라몬, 뭐라꼬 뭐라꼬 구시렁대는, 씨부리대는 노래 아이가. 그라몬 래퍼네. 맞다꼬? 가수를 내가 몰라봤네. 미안하다. 근데 니가 좀 더 열심히 해 가꼬 나도 자연스럽게 알아야 되는 거 아이가. 가수라몬.

내 잘못도 있지만서도 니가 용을 더 썼어야지. 용? 용이 뭐냐꼬? 그런 기 있다. 너무 마이 알라꼬 하지 마라. 알겠다꼬? 용용 죽겠지. 뭐라꼬? 요즘 안 통하는 아재개그야? 알았다. 내는 아재니까, 아재개그 하는 기다. 이해해라. 그라몬 아재가 아지매 개그하까? 그러나 저러나 아재개근데 이라몬 우떻고 저라몬 우떻노. 생긴 대로 놀아야지.

스윙스, 그기 뭐꼬? 굳이 해석하몬 감정 기복 정도가 된다꼬? 감정 기복, 그건 또 무신 말이고? 굳이 해석 안 해도 될 뻔했네. 오늘은 음식부터 감정이 마이 상하네. 굳이 미안해 할 필요는 없다. 아무튼 문스윙스라꼬, 감정 기복이 심해 문을 딱 닫았는가베. 문스윙스는 그런 뜻이 아니라꼬? 니 성이 문 씨라꼬? 오데 문 씨고? 잘 모린다꼬? 됐다. 여전히 아재개그라꼬? 아재개그가 아이라, 할배 개그 아이가. 내는 이래 살다 죽을란다.

그라고 보이까네 〈쇼미더머니〉 스윙스 아이가? 맞다꼬? 심사위원이었던 그 스윙스가? 오, 참말이가? 내가 거 가서 떨어졌는데… 심사위원들이 제대로 안 본 것 같다 아이가. 내가 열심히 했거든. 그래가 랩을 못한다꼬 욕 마이 무겄다. 내 맘의 소리를 내가 듣는데 우짜겠노? 내는 이래 살다 죽을란다. 고마해라, 마이 무겄다 아이가.

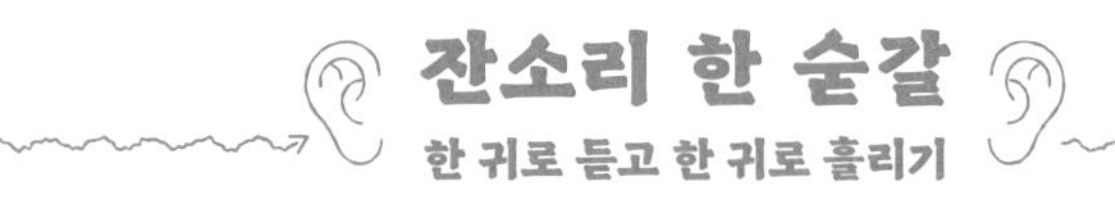

래퍼

밀턴 행님 말씀이 **웅변은 정신을 매혹시키고, 노래는 감각을 매혹시킨다**고 했다 카더라. 시인 장석남은 음악은 시가 가지 못하는 길을 간다고 했다 카더라. 이 나라 힙합의 진흥과 발전, 그리고 대중화에 앞장서고 있다는 것을 들어서 알고 있구마. 예술가가 뭐겠노? 사람의 마음을 글로 적어 표현하면 문학가고, 사람의 마음을 그림과 음악으로 표현하면 미술가와 음악가가 아니겠나. 힙합은 무엇이고, 래퍼는 무엇이겠노? 내는 모른다. 하지만 힙합은 거리의 문화고, 즉흥적이며, 부조리에 대한 질문과 절규가 아니겠나. 아이고, 내사마 철학과를 나왔지만서도 너무 어려운 말을 했더마 대가리가 아프네. 어떤 형식이든 노래는 사람의 마음을 읽어서 전달하는 기 맞다면 스윙스는 참말로 행복한 사람인 기라. 래퍼로서 행복하기를 빈데이.

1위는 연막이고, 2위가 진짜다

꼰대가중계! 대환장의 한타싸움

달수빈 × 연두부 × 이정인

이 친구들은 누구야? 세 명이나 나왔네. 밥묵으면서 천천히 알아 가자. 전직 아이돌 달수빈, 연두부는 유튜버, 개그우먼 이정인? 요즘 콜라보가 트렌드라지만 어쩌다 직업별로 다른 아들이 이렇게 모이게 됐노?

롤! 그래그래 게임하는 걸로 만났나? 아, 원래 이름이 리그 오브 레전드. 나도 할 줄은 몰라도 그 게임 이름은 참 많이 들었다 아이가. 얼마 전에 페이커 그 양반이 우승도 했다 안 카나. 내도 그 정도는 알지. 흠흠. 근데 게임 대회를 무슨 체육관에서 하데? 우리 때는 게임은 컴퓨터도 없어가 오락실에 가서만 했는데. 난중에 애들 키울 때도 게임 멀리하라고 그리 잔소리를 했는데. 우와, 무시할 게 아니더라꼬. 나도 해 볼라고 몇 번 시도는 해봤는데, 아 몬하겠어. 눈이 빠지는 건 둘째 치고 손이 못 따라간다. 손을 그렇게 빨리빨리 움직여 본 적이 있어야지. 친구들은 처음 할 때 할 만했나?

게임 말고 또 특기가 있다꼬? 트월킹? 트월킹이 뭐야? 엉덩이 터는 춤? 직접 재롱잔치로 보여 준다꼬? 어어. 어이쿠야. 그래 별거 아닌 거 같은데, 내도 함 춰 볼게. 휴, 오늘 마 새로운 거 마이 배우네. 몬하겠다.

느그들 너무 정신없지 않냐꼬? 아이다. 그렇게 활발해야 이것저것 배우기도 하는 기지. 가수인데 유튜브도 하고, 서로 전혀 몰랐다가 이렇게 만나고 하는 거 아니겠나. 우리 때는 평생토록 직업이 달랑 한 개였는데, 내도 친구들 같은 사람들 만나야 배우는 게 있는 거고 그란 기지.

우리는 게임에 익숙한 세대가 아이지만 시대가 변했으이 따라가야 안 쓰겠나. 우리 세대는 하고 싶은 거 다 몬하고 살았다 아이가. 할 수만 있으몬 느그들은 게임도 하고 재미있게 사는 기 옳은 기라. 하모. 하모. 하이고.

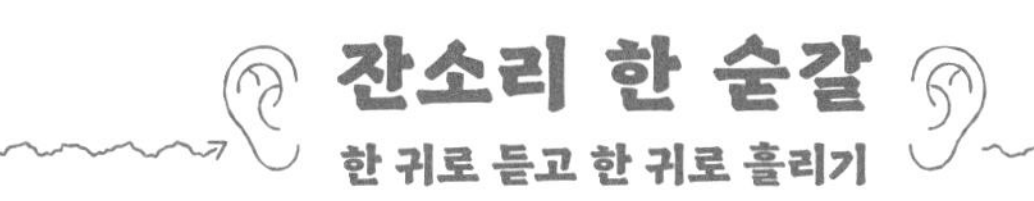

롤(리그_오브_레전드)

롤은 남녀 없이 즐기는 컴퓨터 게임이고, 이제 게임은 스포츠로 자리를 잡았다 아이가. 니들이 **1위는 연막이고, 2위가 진짜다**라는 말을 했제? 게임의 세계에서는 챔피언이 있고, 늘 도전자가 있게 마련인 기라. 빈스 롬바디라는 사람은 이런 말을 했다 카더라. **승리가 전부가 아니다. 그러나 이기겠다는 의욕은 선수의 모든 것이다.** 느그들이 게임의 팀원이기도 하고 게임 방송도 하고 있다 캤지만 승리자가 있으마 패자가 반드시 있는 기라. 승리자가 됐다면 패자에 대한 예의를 반드시 지켜야 한데이. 2위는 언젠가 1위를 할 것이니 그래서 2위가 진짜다. 졌다고 실망하지 말라는 말이다. 무슨 말인지 알긌나? 밥묵자.

056

부모가 착해야 효자가 난다

금×같은 시× 꼰대의 새×

김성원

뭐라 씨부리쌌노? 도대체 알아들을 수 없는 말이네. 영어도 아인 것 같은데. 어느 나라 말이야? 스페인어라꼬? 우와, 니 스페인어도 하나? 영어도 잘 하더마. 니 구성원이, 개그맨 구성원이 아이라? I am Raphael(라파엘)이라꼬? 멕시코 사람이라? 구라치지 말고 구성원으로 돌아와. 알고 있어. 맞다. 구성원이 아이라 김성원이잖아.

김성원이 아이라 구성원이라꼬? 이놈이 미쳤나? 무신

말이냐꼬? 니가 지금 무신 말하는 기고? 자기도 꼰대희 하면서 와, 나는 라파엘 하몬 안 되냐꼬? 본인은 절대로 김성원이 아이고 라파엘이라꼬? 꼴값 떨고 있네. 좋다. 라파엘로 가자.

밥 묵을라는데 이게 뭐꼬? 멕시코 음식인가? 맞다꼬? 라파엘은 멕시코에서 살다가 왔나? 이민 가서 그곳에서 살았다꼬? 증말이가? 근데 이게 무신 음식이고? 따코쓰? 손 닦고서 묵어라꼬? 그래, 따코쓰는 손닦고 묵어야지. 와 그라노? 음식을 보니까네 엄마가 보고 싶다꼬? 어무이는 어디 계시노? 멕시코? 알았다.

멕시코에서 을매나 살았노? 10살 때 가서 20살 때 왔어. 지금 나이는 3학년 9반? 84년생이니까, 내캉은 20살 차이가 나네. 니는 김성원이고, 개그맨이잖아. 개그맨이 아이라 가수라꼬? 음반을 냈어? 니 노래가 뭔데? 개똥버러지? 그런 노래도 있었나? 개똥벌레가 아이고 개똥버러지?

"아무리 우겨봐도 어쩔 수 없네~"

개똥벌레잖아.

"저기 개 똥 밟은 사람도 있네. 가지 마라, 가지 마라, 가지가지로 하는구나. 너도 참, 나를 위해 노래방 서비스 10분 추가. 감사! 이게 제 노랩니다."

개콘에서 했던 거잖아. 내 본 기억이 나는데. 내가 김대희한테 니 얘기 마이 들었거든. 원래 국적이 멕시코이고, 군대 갈라고 국적을 대한민국으로 바꿨다 카더마. 정확히 말하면 멕시코 영주권이었고, 3년 정도 더 있으몬 시민권이 나오는데 한국에 왔다꼬? 13년을 채우면 시민권이 나오는 모양이네.

너그 부모님께서 그래도 대한민국 사람은 군대를 가야 한다, 그런 생각을 갖고 계셨단 말이지. 부모님이 대단하시네. 또 멕시코에서 비디오로 개콘을 보몬서 니도 다른 사람들 웃기고 살자고 맘 묵었단 말이지. 군대 간 것에 대해 전혀 후회는 없단 말이지. 좋아. 너는 자랑스러운 한국인이야. 대한민국은 너 같은 개그맨 땜시 지켜지는 기다. 내가 대신 고마움을 전한다. 충성!!

니 개그는 짐 캐리 같다 아이가. 그래? 가장 좋아하는 인물이야? 뭐라꼬? 짐 캐리와 김대희를 제일 좋아한다꼬? 훌륭하네. 뭐라꼬? 두 사람을 합하면? 짐대희라꼬? 지랄한다.

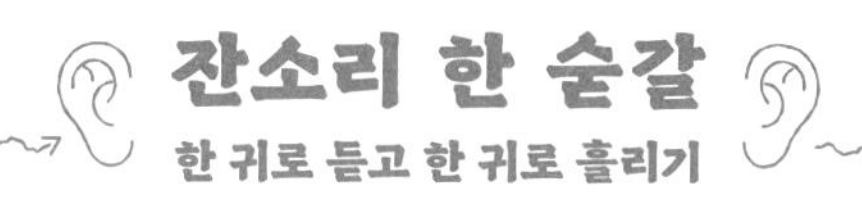

자랑스러운_한국인

내가 니를 다시 본 기는 짐 캐리처럼 재주가 많아서 그렇지만서도 느그 부모님 때문에 놀라운 기라. 멕시코 영주권이 있어서 안 가도 되는데 부모님들께서 자랑스러운 한국인이라면 반드시 군대를 가라꼬 하셨제? 우리나라 속담에는 **부모가 착해야 효자가 난다**는 말이 있는 기라. 부모의 좋은 감화를 받아야 자식도 선량한 사람이 된다는 뜻인 기라. 개그도, 음악 활동도 좋지만서도 험한 세상 차카게 살아야 한데이. 생텍쥐페리 행님은 이런 말을 했데이. **우리 부모들은 우리들의 어린 시절을 꾸며 주셨으니 우리는 그들의 말년을 아름답게 꾸며드려야 한다.** 니도 내도 부모님께 효도하고 살아야 한데이. 그기 자식된 도리리고, 사람의 도리인 기라. 알았제? 밥묵자.

057

겸손은 거만의 해독제다

길 가던 김정훈 씨 모셨습니다

쿠기

니는 이름이 뭐꼬? 김정훈? 어이, PD! 길 가던 사람을 데리왔나? 본명 말고. 야 와이라노. 아, 쿠기. 활동은 쿠기라는 이름으로? 그래. 니 뭐하는데? 래퍼? 오, 그래? 내가 랩은 잘 모르는데, 막 모르는 소리로 씨부리쌌는 거 아이가. 최대한 알아듣게 한다꼬? 마 그래도 내는 좀 어렵드라. 힙합하고 그런 게 멋있고 당당해 보이기는 하는데, 나같이 나이 묵고 그런 사람들한테는 좀 어렵긴 해.

근데 니 참 수수하네, 연예인답지 않게. 막 그래 유명하진 않다꼬? 어이, PD! 길 가던 사람을 데려왔나? 마 그럴 리가 있나. 근데 뮤직비디오 조회수가 어떻게 250만이 되나. 안 유명한데 그리 될 수가 있나? 오픈빨이라꼬? 아무리 그래도 250만이 우예 나오겠노.

나이를 안 물어봤네. 니 나이는 몇 살이고? 응 94년생? 내는 64년생이야. 군대도 다녀왔다꼬? 관상으로는 요리조리 뺐을 것 같은데. 잘했네. 이리저리 빼고 문제되는 아들이 그리 많은데 요즘. 발칸포대? 옴마야, 니 별걸 다 했다. 군대 제대로 갔다 왔네. 와, 사격대회도 나갔어? 장난 아이네. 총도 아니고 대포를 가지고 대회에 나갔다 아이가. 그냥 나가라고 해서 나갔다꼬? 응 그래… 뭐 좀 포상받고 그런 것도 없구나, 니는. 어이, PD! 길 가던 사람을 데려온 거 맞제?

아, 내가 힙합은 잘 몰라도, 사람은 좀 볼 줄 안데이. 니 참 싹싹하고 예의 바르고 겸손하네. 연예인이고 거기다 래퍼고 하면 건방지고 콧대가 높을 수 있는데 참 겸손하데이. 연예인들이 그러기 어려운 기라. 이기 내 편견인가? 노래 새로 냈대며 한번 보여줄 수 있나? 가사를 못 외웠다꼬? 아직 살짝 봐야 돼? 니 너무 솔직한 거 아이가. 솔직한 것도 병이데이. 어이, PD! 길 가던 김정훈 씨를 데려온 게 확실하고마. 그자?

잔소리 한 숟갈

한 귀로 듣고 한 귀로 흘리기

겸손

자기 분야에서 능력을 인정받는다는 게 쉽지가 않지만서도 상당한 실력파라꼬 들었데이. 볼테르라는 분이 이런 말을 했는 기라. 겸손은 거만의 해독제다. 거만하고 교만한 사람은 결국 망한다. 그걸 해결할 수 있는 방법이 겸손인 기라. 《탈무드》에는 이런 표현이 있데이. 신은 자기 스스로 높은 자리에 앉은 자를 낮은 곳으로 떨어뜨리며, 스스로 겸양하는 자를 높이 올린다. 겸손하란 얘기가 아니겠나. 우리나라 속담에는 이런 말이 있는 기라. 병에 찬 물은 저어도 소리가 나지 않는다. 깊은 학식이 있는 사람은 아는 체 떠들고 다니지 않는다는 뜻인 기라. 빈 그릇이 요란한 법이데이. 겸손하게 살자.

058

결혼생활은 연애의 시작이다

결혼??? 으디서 ㄱ구라를…!

오나미 × 박민

개그우먼 오나미잖아. 웬일이야, 멀리 부산꺼정? 나미 온다고 백숙을 준비했네. 씨암탉이냐꼬? 수탉이야. 수탉이니, 씨는 있겄지. 그럼, 씨수탉! 뭔 말이고? 니도 잘 모리겄다꼬? 옆에 앉은 덩치 좋은 남자 분은 누구신가? 뭐라, 오나미 남편 될 사람이라꼬? 뭐라, 니는 삼촌한테 연락도 없이 결혼한다꼬?

삼촌을 오랜만에 만났는데, 오데서 거짓말을 하고 있어. 삼촌만이 아이라 다른 사람들도 대역으로 의심하고 있다꼬?

대역이 아이라 진심이라꼬? 그라몬 뭐 땜시 왔어? 날짜는 잡았고 삼촌에게 청첩장을 주러 왔다꼬? 벌써 날짜를 잡으몬 우짜노. 둘이 결혼하라꼬 누가 허락했노? 뭐라, 엄마 아빠가 허락했다꼬? 알았다. 삼촌보다 부모가 먼저지.

청첩장을 보자, 존경하고 사랑하는 꼰대희 삼촌께. 9월 4일 오후 5시 30분에 호텔에서 하네. 일단 닭을 묵자. 자네는 이름이 우찌 되노? 박민이라꼬? 외자라꼬? 외자인 줄은 알아. 들어보몬 알지. 조카들 중에 젤로 예쁜데. 내가 우리 꼰 씨 집안의 마지막 관문이라고 할 수 있지. 자네 하는 일은 뭔가? 축구선수로 활동하다가 은퇴하고, 중학교 친구들을 가르친다꼬? 프로 선수꺼정 했다꼬? 나미 조카는 뭐가 그렇게 좋았나? 얼굴도 귀엽고 심성도 착하다꼬? 사랑한다꼬? 와 사랑하노? 나미를 사랑하는 이유를 구체적으로 얘기를 해야지.

같이 있으몬 행복하다꼬? 혹시 배우 아이가? 뭐가 쪼매 어색해. 절대로 배우 아이고, 연기도 아이라꼬? 둘은 우찌 만났어?

“연예인들이 함께 있는 모임에서 이 친구가 얘기를 하다가 연예인 중에 이상형이 누구냐고 물었는데, 이 친구가 저라고 얘기를 했어요.”

와 오나미였을까? 궁금해.

“예전에 어떤 프로그램에서 오나미 씨가 허경환 씨랑 가

상결혼을 하는 것을 찍은 것이 있었는데, 그걸 보다가 사람이 너무 진실되어 보여 좋아하기 시작했죠."

그래서 우찌 진행됐는데.

"박민 씨를 소개를 받았는데, 둘이 긴장해 밥도 못 먹었죠."

오나미는 언제 이 친구한테 헤까닥한 거야?

"이 친구가 언제 시간이 되냐고 묻길래, 저는 수요일, 금요일 시간이 된다고 했죠. 그러면 보통 수요일 보자, 금요일 보자 그러잖아요. 그런데 수요일도 보고, 금요일도 보면 되겠네. 하더라고요. 그 말에 감동을 먹었어요."

소박하고, 수수하고 잔잔한 연애 스토리네. 이런 커플이 보통 백년해로를 하는 법이야. 너무 격정적으로 타오르면 뜨거워 좋을 것 같은데, 막상 금방 식어요. 박민 자네, 합격이야. 두 사람의 결혼을 축하한데이. 그나저나 걱정이다. 게스트가 이래 재미가 없어가 묵고 살겠노? 지들이나 좋아죽지 우린 결혼해 봐가 재미없데이.

잔소리 한 숟갈
한 귀로 듣고 한 귀로 흘리기

결혼

소크라테스 행님이 늘 하는 말씀이 있데이. 결혼하는 것이 좋은가, 하지 않는 것이 좋은가. 그 어느 쪽이든 너희는 후회할 것이다. 내 생각에는 어차피 후회할 거면 일단 결혼을 하고 후회하는 게 낫데이. 몽테뉴 행님은 뭐라 캤는지 아나? 결혼은 새장과 같은 것이다. 밖에 있는 새들은 쓸데없이 그 속으로 들어가려 하고, 속에 있는 새들은 쓸데없이 밖으로 나가려고 애쓴다. 그러나 나는 이 말을 좋아한데이. 결혼생활은 참다운 뜻에서 연애의 시작이다. 괴테 행님이 한 말이다. 결혼과 동시에 사랑이 끝난 것 같지만서도 진정한 사랑은 결혼과 동시에 시작되는 기라. 뭐라꼬? 마누라하고 자식들이 와 다 도망갔냐꼬? 그걸 와 묻노? 남 속 긁지 말고 밥이나 묵자.

청춘은 바로 지금이다

본토 쌀국수, 길거리 음식, 베트남 커피까지 풀코스 먹방

코이TV 우유

꼰대희가 베트남꺼정 진출했네. 자랑스럽다. 제 가이드를 소개함니더. 베트남에서 유명한 분이고, 이름은 초코 우유, 나이는 2학년 3반이라 하네예. 우선 저는 배가 고파예. 묵으러 가입시더, 우유 초코 씨. 저는 쌀국수 묵고 싶어예. 오늘은 뭐가 잘 될지 모리겠네. 이미 부산 해운대 달맞이고개 집에서 하던 형식은 다 깨졌고, 한 번 가는 대로 가 보자.

이제 밥묵자 분위기가 만들어졌네. 초코 우유 씨가 지를 오빠라고 부르겠다고예? 그건 도덕적으로 문제가 있고예. 이유가 뭐냐고예? 저는 환갑인데 23살 여자 분이 절 오빠라고 하면 한국 사람이 손가락질해예. 한국은 동방예의지국입니더. 우유 씨는 아직 청춘인 기라. 그냥 아저씨라고 하몬 될 것 갈네예. 쌀국수에 자라를 시켰다꼬예? 자라? 자라를 쌀국수에 곁들여 묵는 건가? 자라가 아이라 음료수라고예? 말이 안 통하니까, 힘드네. 자라가 먼저 나왔네. 음료수 내용물이 뭐고? 얼음에 녹차라고예? 시원하니 좋네.

쌀국수 금방 나왔네. 한국 쌀국수랑은 다르네. 이게 북쪽 쌀국수라꼬요? 남쪽 쌀국수는 이것보다 짜다고예? 우리처럼 지역마다 맛이 다르네. 내가 소주를 갖고 왔으니 한잔 하자. 근데 여기서 술을 마셔도 되나? 괜찮다고예? 다행이네. 우리 초코 우유 씨가 20대니까, 건배사를 청바지로 하자. 잔을 부딪치몬, 청춘은… 바로… 지금… 하는 깁니더. 짠~~ 청! 바지라고예? 뭐가 잘 안되네.

길거리 음식 구경하고, 맛난 거 있으몬 묵어 보고예. 와우, 이게 뭐냐? 바나나 껍질을 벗겨 흰색 속살을 눌러 납작하게 만들어 그걸 기름에 넣네. 바나나를 튀겨! 우찌 이런 생각을 했지. 맛은 어떨지 모리겠네. 베트남 커피랑 함께 묵어야 된다꼬예? 이제 길거리 음식들을 구경도 했으니 봉지에 든 바나나 튀김과 베트남 커피 맛을 함 보입시더. 근데 커피가 아이라 초코 우유네. 와, 커피가 이런지 알겠네. 이걸 마시니 땀 흘러 빠진 당이 완전히 보충되네. 바나나 튀김도 괜찮네. 뭐라꼬예? 이래 묵고 저녁 묵으러 가자꼬요? 이러다 배터져 디지겠다. 아이고 우야노….

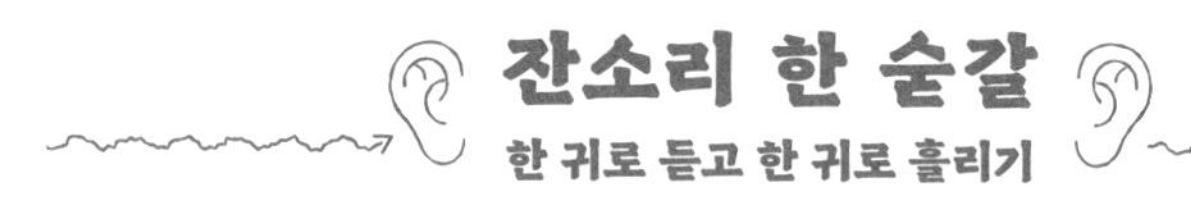

건배사

우리가 언어는 맞지 않지만서도 마음이 통한 것은 청춘이라서 그런 기라. 한국 사람이 건배사로 〈청바지〉를 외치는데 무슨 뜻인지 아나? **청춘은… 바로… 지금이다**의 준말인 기라. 나이 많은 내가 청춘이라꼬 우겨봐야 남사스러운데, 마음속으로 정신적으로 청춘이라고 생각하믄 그때가 바로 청춘인 기라. 내가 아는 건배사 하나 더 소개해 주까? 잔에 맥주를 한 잔씩 따르고 내가 먼저 〈일맥!〉이라꼬 외치몬 다른 사람들은 〈상통!〉을 외치는 기라. 〈일맥상통〉이 뭐겠노? 〈일맥은 한 잔의 맥주고, 상통은 서로 통하자!〉라는 뜻인 기라. 풀어보마 '한 잔의 맥주로 서로 통하자'인 기라. 내가 먼저 선창을 할 테니까 따라서 해 보그라. 〈일맥!〉 〈상통!〉 딴 데 가서 써무거 바라. 알긌제?

060

성격이란 하나의 관습이다

리리코, 꼰대 잡으러 왔습니다

리리코

뭐하는 처자야? 안 춥나? 민소매를 입고, 그것도 빨간색으로 다가. 뭐라? 스위스에서 유학하던 때에 자주 입었던 옷이고, 그때가 그리워서 그 옷을 좀 애용한다꼬? 처자가 스위스로 유학을 댕겨 왔나? 당시 하숙했던 할머니가 좀 그리웠다꼬? 당췌 무신 말을 하는 것인지? 근데 스위스 안 춥나? 한국보다 더 추울 텐데. 거기서도 이런 옷을 입고 댕겼어? 인사를 한번 하고 싶다꼬? 카메라 보기 전에 어른한테 먼저 인사를 해야지. 근데 뭐 하는 사람인가? 인터넷 방송하시는 분이야? 알겠어예. 인사하세요.

"안녕하세요. 여러분 리리콥니다. 빨강빨강, 파랑파랑, 노랑노랑, 달콤한 솜사탕. 아, 부끄러워서 못하겠어요."

할 거 다 하고 뭐 부끄럽대. 리리코? 한국 이름은 뭐꼬? 김리안이라꼬?

"오빠, 매니저 어디 갔어요? 오빠, 내가 여기 나오면서 한국 이름 밝히지 않는다고 했잖아요."

근데, 목소리가 확 변하네. 한 서른 살 먹은 여자 목소리인데. 좀 전에 목소리랑 완전 다른 사람이네.

"그럼, 이름 말한 부분은 편집하는 것으로 하죠."

뭐야? 뭔 상황이지?

"원래 본명은 유튜브 방송에서 말하지 않기로 했어요."

나이는 우찌 돼요?

"2001년생으로 2학년 2반입니다."

2학년 2반이라꼬? 완전히 얼라네. 빨리 밥이나 묵자. 그런데 스위스는 영어가 아이라 독일어가 아닌가?

"독일어도 좀 배우려고 했는데. 잠시만요. 오빠, 매니저 오빠. 뭐예요? 독일어 얘기는 없었잖아요. 독일어 부분은 끊을게요. 컷으로 처리하는 걸로."

뭐야? 금방 또 목소리가 달라졌네. 빨강 노랑 파랑은 이미지인가?

“네, 그리고 꼰대희도 그런 게 아닌가요?”

나야 있는 모습 그대로이지. 나는 원래 꼰대희로 태어났어. 내가 꼰대희고, 꼰대희가 나야. 그란데 고등학교는 우데서 댕겼나?

“잠깐만, 끊을게요. 매니저 오빠, 고등학교도 묻지 않기로 했잖아요. 이 부분 편집해 주세요.”

야는 성격이 두 개네. 얼라 하고 아지매 성격 두 개다이.

잔소리 한 숟갈

한 귀로 듣고 한 귀로 흘리기

성격

괴테 행님은 재능은 혼자서 배양되고, 성격은 세상 풍파에 시달려서 만들어진다꼬 설명했는 기라. 니는 참 재능도 있고, 성격도 독특하데이. 이븐 시나라는 사람은 성격이란 하나의 관습이다. 그것은 깊이 생각하는 것이 아니라 혼으로부터 배어 나오는 일정한 행위다라꼬 말했다 카네. 성격은 영혼에서 우러러 나온다는 얘기인데, 그런 면에서는 니의 성격은 타고난 기라. 그 성격을 죽일 게 아이라 오히려 장점으로 살리바라 그 말이다. 네포스라는 사람은 타고난 성격이 각자의 운명을 결정한다꼬 했다. 성격을 고치려는 사람들도 많고 쉬운 일도 아니지만서도 자신의 성격을 죽이지 말고 살려야 한다꼬 본데이. 그래야 삶이 편한 기라. 알긌나?

아재개그 9단 vs 웃음사냥꾼

꼰대희(아재개그 8단) × 박천정(아재개그 9단) × 딸내미(MZ심판)

유튜브 〈척 CHUCK〉 오마주

— 딸내미 : 인사하시겠습니다. 선공 후공 가위바위보 하시겠습니다. 시작하겠습니다.

— 차가 다니는 도로에 갑자기 사람이 뛰어들면? 모르겠는데요. 정답은 카~ 놀라유. 그러면 학이 침을 뱉으면요? 정답은 퇴

학! 닭에게 사이즈가 작은 옷을 입히면? 정답은 꼭 끼오. 떡집 사장이 주식을 안 하는 이유는? 정답은 떡 상할까 봐.

— 아이스크림이 가수가 될 수 없는 이유는? 정답은 녹으면 안 되니까. 우리나라에서 바람이 가장 많이 부는 도시는? 정답은 분당. 바람이 분당. 숫자 중에 화를 제일 많이 내는 숫자는? 화를 많이 내는 숫자? 정답은 에잇. 무가 눈물을 흘리면? 정답은 무뚝뚝. 헉! 사과를 한 입 베어 먹으면? 정답은 파인애플. 슈퍼주니어 신동 옆에 있는 사람은? 정답은 신동엽. 전화로 세운 건물은? 정답은 콜로 세움. DJDOC의 국적은? 정답은 이란. 나, 이란 사람이야~ 왕한테 신하가 공을 던지면서는 뭐라고 할까요? 정답은 송구하옵니다. 이탈리아의 날씨는? 정답은 습하겠지. 스파게띠. 돌잔치를 영어로 하면? 정답은 락 페스티벌. 술이 취해서 큰소리를 지르거나 노래를 부르는 것을 사자성어로 하면? 고성방가? 땡! 정답은 아빠인가.

— 수박이 한 통에 5,000원이면 수박이 두 통이면? 정답은 게보린. 두통엔 게보린. 남녀가 해돋이를 가는 이유? 해 보러? 정답. 입 모양이 에스 자인 사람은? 정답은 EBS(입이 에스). 아홉 마리 강아지가 알을 낳으면? 아홉 마리의 강아지가 알을 낳았어요? 정답은 구독 알람.

— 일반 미꾸라지보다 더 큰 미꾸라지는? 장어! 땡! 메기! 땡! 정답은 미꾸엑스라지. 일본에서 가장 잔인한 사람 아시죠? 도끼로 이마까. 그 사람보다 더 잔인한 사람은? 깐데 또까. 그러면 수자원발전소 소장 이름은 뭡니까? 수자원발전소? 갑자기요? 아, 정답은 무라까와 쓰지마. 정답입니다. 수고하셨습니다. 박천정 아재개그 9단 승!!!

Part 4 지智 _옳고 그름을 판단하는 마음

지
智

광고는 눈의 미학이다

7년 만의 "쉰" 밀회

김지민

조카 왔나? 뭐라 카노? 여는 가족만 출연할 수 있다 아이가. 하모. 니는 내 조카데이. 개그우먼 김지민이라꼬? 제가 할 게요, 느낌 아니까? 그런 유행어가 있었나? 개그콘서트의 〈뿜엔터테인먼트〉 코너에 출연했다꼬? 참말이가? 거기 출연해가 상을 받았다꼬? 코미디 부분 여자최우수상? 그해 김대희도 최우상을 받았다꼬? 김대희 금마가 받았으이 내는 모르지. 아무나 다 받는 상이라꼬? 나는 모리지.

김대희 금마가 상을 받아가 광고도 찍었다꼬? 무슨 광고? 아, 패딩 잠바 광고를 찍었다꼬? 아, 그 야그는 김대희한테 들었다 아이가. 처음이자 마지막 광고라 카데. 뭐라꼬? 광고 찍고 광고주한테 패딩 잠바 몇 개 달라꼬 졸랐다꼬? 현장에 있는 패딩 잠바를 줄라 카이 새것을 달라 캐 본점 가서 받아왔다꼬? 참말이가? 김대희 금마가 가족들은 챙기는 모양이데이. 그지도 아이고 와 그랬지.

뭐라꼬? 개그콘서트 회의할 때 약속 시간에 두 시간을 늦었어? 누가? 아, 김대희가? 와 늦었다는데? 정말 중요한 일 때문에 늦었다고 하더라꼬? 그른 기 있었으마 늦을 수도 있는 기지. 뭐라꼬? 김대희 금마가 골프신발을 신고 있었다꼬? 참말이가? 같이 댕기는 김준호 주머니에서 골프공이 나왔어? 그걸 우찌케 알았노? 느낌 아니까? 옛날 야그해 봐야 좋을 게 뭐 있노. 밥묵자!

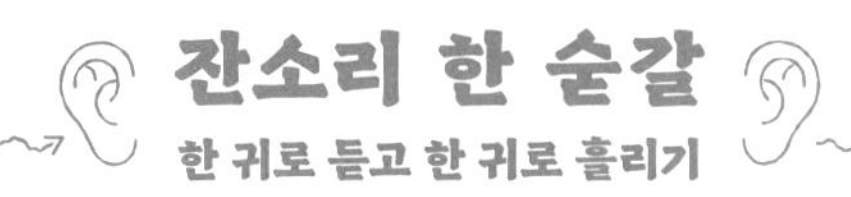

느낌_아니까

제퍼슨 행님은 이런 말을 했는 기라. **광고는 신문에서 신뢰할 수 있는 유일한 진실이다.** 저마다의 사건이나 사고는 알고 보면 진실을 찾아보기 어려워가 차라리 유일하게 광고가 신뢰할 수 있다는 얘기로 들린다. 물론 지금처럼 광고가 넘치는 시대에서는 호불호가 갈리는 기 광고지만서도 이어령 선생님은 **광고는 눈의 미학이다**라꼬 강조하셨다 아이가. 분명한 것은 시대를 가장 마이 반영하는 기 광고인 기라. 광고를 싫어하는 사람들이 많지만서도 피할 수 없으마 즐기라는 말도 안 있드나. 내는 처음이자 마지막으로 패딩잠바 광고를 찍었지만서도 또 들어오마 또 찍을 끼라. 잘할 수 있다 아이가. 광고 제가 할께요, 느낌 아니까.

062

불행은 당신의 위대함을 증명하려는 것이다

내가 아는 조현은 왕조현밖에 없는데…

꼰대희 × 조현

아이돌인가, 배운가? 아, 인제 배우로 전향했어? 아이돌도 했다꼬? 걸그룹 베리굿? 뭐 노래 알 만한 거, 히트곡 뭐 있노? 응? 알 만한 게 없다꼬? 순위권 든 것도 없어? 그럴 수도 있지, 어디 어른 앞에서 한숨을 푹푹 쉬노. 뭐 살다 보면 다 그런 거지 가수라꼬 노래가 다 뜨나? 인제 배우 잘 하고 있다매? 잘 생각했어.

그전에는 쇼트트랙 선수를 했다꼬? 참말이가? 7년이나?

쇼트트랙 그 타다다닥 타는 거? 최민정 씨랑 같이 서울시 대표였다꼬? 우와, 최민정 그 양반이 올림픽 금메달 딴 양반 아니야? 그라믄 계속 그거 하지 그랬노. 아이고, 부상 때문에? 날에 베이고 다리도 부, 부러졌어? 아… 오늘 분위기 와 이라노. 방송에서 이런 얘기 처음 하는 거라꼬? 니 괘안나? 그래. 지금 잘 되고 있고, 하고 싶어 하는 직업 하고 있고 그러면 됐네. 행복은 별게 아이야.

아주 새초롬하게 생겨서 혹시 조금 예민할까 했는데 "소주 있어요?" 물어보는데 야, 거기에 내 마음이 싹 녹았데이. 그래. 원래는 텐션이 저~ 위에 있는데 오늘은 조언도 듣고 싶고, 마음 편히 니 얘기 좀 하고 싶어서 왔구만, 그래 잘 왔어. 제대로 왔어. 진짜 내가 매주 밥 한 끼씩 하지만 나는 사실 이런 자리를 원했어. 다들 꼰대, 꼰대 하는데 뭔가 나보다 나이 어린 인생 후배가 찾아와서 니처럼 이렇게 고민이 있거나 뭐 좀 그런 것들을 허심탄회하게 털어놓고 하면 나도 말하기가 편하다 아이가. 살면서 항상 어떻게 사람이 밝게 사노. 항상 어떻게 좋은 일만 있어.

뭐 안 될 수도 있지만 이렇게 인생 사는 얘기 하는 게 사실 목표였거든. 내는 이런 자리를 원하는 기야. 덕분에 진정한 '밥묵자' 자리답게 오늘 보냈다. 고맙다 고맙다. 아이다, 내가 니한테 고맙데이. 나쁜 일이 있으나 곧 좋은 일이 찾아온데이. 비록 이제 운동은 못하지만 좋아하는 일을 하고 있으모 새옹지마 아이겠나?

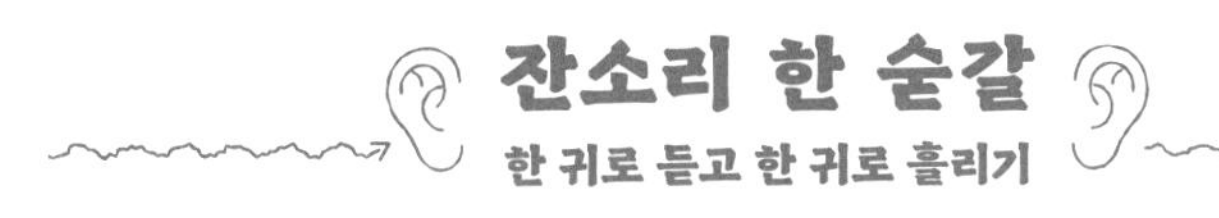

새옹지마

쇼트트랙 선수로 잘 나가다가 부상 때문에 운동을 포기할라 카이 어린 나이에 을매나 슬펐겠노. 걸그룹에 들어가 히트를 못치고 해체를 했으니 을매나 슬펐겠노. 그러다 광고와 안무가 떴다니 을매나 웃겼겠노. 파스칼 행님은 **사람의 불행은 그 사람의 위대함을 증명하려는 것이다**라꼬 강조했단다. 세상사 다 새옹지마인 기라. 안 좋은 일이 있으마 또 좋은 일이 생기이까네 너무 걱정하지 말그라. 배우로 성공하마 니의 위대함이 증명이 되는 기라. 터키 속담에는 이런 말이 있는 기라. **불행한 사람을 업신여기지 말라. 언젠가 하느님이 그 사람을 다시 일어나게 하실 것이다.** 쓰러지는 게 뭐가 두렵노. 그냥 일어나면 그만인 것을. 밥묵고 힘내제이.

063

시험은 당신이 봤던 것에서 나온다

800만 수강생 정승제 vs 100만 구독자 유튜버 꼰대희

정승제

누꼬? 뭐라, 정승재? 오데서 마이 들어본 이름인데. 가수가? 김건모랑 비스무리하게 생기긴 했는데. 건몬가? 혹시 김건모 씨? 아이라꼬예? 그라모 누꼬? 지난번 기획회의 할 때 연예인 말고, 구독자를 해운대 달맞이고개로 함 불러보자 카더마. 우리 구독자가? 정승재는 마이 듣던 이름인데. 혹시 재 자가 우찌데요? 제주도 할 때 제라꼬예? 그라몬 정승제네. 오늘 월요일인데 뭐 월차 내고 오셨나? 오전에 일하고 비행기 타고

먼 길 왔다꼬예?

노래를 좀 했다꼬? 가수가? 수학 일타강사! 이제 기억났네. 우리 아들 중, 고등학교 댕길 때 수학 공부한다꼬 승제, 승제 카더마. 일타몬 아들이 좀 듣나? 누적이 850만 정도 됐다고예? 아이고 선상님. 일타 맞네. 그란데 몇 학년 몇 반이신가? 4학년 8반이라꼬? 그라몬 용띠네. 띠동갑이네. 수학 강사도 하고, 가수도 하고, 참 재주가 많네.

뭐 히트곡이 뭐 있나? 〈선생님의 편지〉? 뮤직비디오 2억 주고 찍었어? 헛돈 뿌맀네. 나랑 같은 과네. 무신 말이냐꼬? 내가 〈나의 아저씨 꼰대희〉 찍는다꼬, 돈 좀 마이 뿌맀지. 그 놈의 영화를 생각하몬 요즘도 자다가 벌떡벌떡 일어나는구마. 그란데 우리 승제 씨는 크게 충격이 없었는가베. 2억 정도야, 별것 아이란 표정이네. 그라몬 연봉이? 그런 것은 본인 입으론 말 못한다꼬? 뭐라? 지금 우리 PD 말로는 연봉이 100억이 훨씬 넘을 거라는데. 아마도 그럴 거라고? 내캉은 마이 다리네.

우리가 어렵게 모셨고, 먼 길 왔는데, 올해 수능 수학 문제라도 하나 찍어줘야 되는 거 아인가? 몇 문제 찍어줄 수 있다꼬? 와우, 대박이네. 한마디 해 주이소.

-이제 수능이 얼마 남지 않았으니까요, 뭐 새로운 책이나 문제집 펼치지 말고 자기가 평소에 풀었던 문제집 잡고 한

번씩 더 보고, 고사장에 들어가면 됩니다. 수능은 당신이 봤던 바로 그 수학 문제집에서 나와요. 그 문제집이 정승제가 쓴 게 아니라도 괜찮아요.

와우, 대강사답네. 정승제 파이팅! 수험생 파이팅!!

잔소리 한 숟갈

한 귀로 듣고 한 귀로 흘리기

시험

기업가 A는 화물에 포장한 밧줄을 푸는 걸 신입사원 시험 과목에 포함시켰다 카데. 꼼꼼히 풀어낸 사람들은 모두 불합격을 시키고, 칼로 싹뚝 잘라버린 자는 합격을 시켰다 카데. 지금은 스피드 시대인데 한가하게 밧줄을 끄르고 있으면 다른 업무는 언제 처리하느냐며, 그런 비능률적인 직원은 필요없다며 소리를 질렀다 카데. **시험은 원래 봤던 것에서 나온다.** 승제의 말은 평범해 보이지만 핵심을 짚는 진리인 기라. 세상사가 다 시험인 기라. 늘 우리는 시험이라는 선택을 강요당하고 있데이. 선택의 결과는 반드시 나오는데, 선택의 핵심은 우리가 전혀 모르는 것에서 나오는 게 아니라 알고 있는 것에서 나오는 기 정답인 기라. A가 누군지 알겠노? 카네기? 헉! 그걸 우찌케 알았노? 일타강사라 그런지 모르는 기 없구마. 놀랍데이.

064

재능이란 자신의 힘을 믿는 것이다

TAXI 타고 온 글래시하고 러버블한 부산의 자랑 만났심더!

조유리

이기 뭐꼬? 만두도 있고, 만두전골인갑네. 만두전골 오랜만이다. 배고프네. 만두전골이 아이라꼬? 그라몬 뭔데? 사부사부라꼬? 사부사부가 아이라 샤부샤부라꼬? 비슷한 거 아이가? 이름이 뭐 중요하나? 맛있으몬 되지. 샤부샤부는 물에다가 살짜기 데치 갖고 묵는 거 아이가? 요새는 이래 묵는다꼬? 가마이 있거라. 니 사투리가 내캉 조마 닮았네? 혹시! 갱상도? 맞다꼬? 부산이라꼬? 반갑다. 우쩐지 인상이 좋다 했네.

억수로 반갑다. 만수로 반갑다꼬? 너무 오바 하지 마라.

니 딱 관상을 보니 배우 아이몬 가수인데? 요 나오는 사람이 다 가수 아니몬 배우 아이냐꼬? 고향 사람이라 키워 줄라꼬 한 말인데, 니는 초 치는데 선수네. 내도 묵고 살라이 힘들다. 니 같은 아를 만나 갖꼬 이런 얘기꺼정 들어야 하고. 미안할 건 없다. 그런데 배우랑 가수 겸업한다꼬? 재주가 많네.

뭐라? 오디션에 통과했는데, 그게 〈오징어 게임〉이라꼬? 와… 그게 내가 아는 그 〈오징어 게임〉이가? 오징어 뒷다리는 아이제? 천장에 460억 원짜리 저금통 매달려 있는 드라마. 맞다꼬? 와, 축하한다. 오늘은 배우 아이라 가수로 나왔다꼬? 알았다. 그라몬 내가 알 만한 곡 있나? 8월 9일에 신곡이 나온다꼬? 요 신곡 홍보할라꼬 나왔네. 노래 제목이 뭐꼬? 〈택시〉야? 우짜든 성공하그레이.

니 예능에 나가몬 개인기도 보여 줄 거잖아. 함 해봐라. 일어나서 하겠다꼬? 그래 일어나 함 해봐라. 그런데, 그래 좀비처럼 걸어댕기몬서 삥, 삥, 삥, 방구만 자꾸 끼는 기 니 개인기가? 더구나 식탁 앞에서. 방구 개인기도 독특하네. 그란데 니 방구 땜시 속이 니글거린다.

잔소리 한 숟갈
한 귀로 듣고 한 귀로 흘리기

개인기

고리키라는 행님이 이런 말을 했다 카드라. **재능이란 것은 자기 자신을, 즉 자기의 힘을 믿는 것이다.** 을매나 멋진 말이고. 훌륭한 사람들은 말도 잘하제. 니는 노래도 잘 하고, 연기도 잘 한다마는 가장 중요한 것은 자신의 힘을 믿어야 하는 기라. 자신의 힘과 자신의 능력을 믿어야 재능도 개인기도 빛나는 기라. 본인의 힘을 믿으라 그 말이다. 다만, **재능을 많이 갖고 있는 편이 재능이 적은 것보다도 위험하다**는 니체의 말도 명심할 필요도 있다. 재능이 너무 많으모 본래의 재능이 가려져 좋은 취급을 받기 어렵다는 그 말이 아이겠나. 명심하자.

065

집안 살림은 커다란 입을 갖고 있다

내 아직 숟가락 안 들었데이

문세윤

오늘은 콩나물국밥하고 치킨이네. 놔. 네? 내리 놔. 왜요? 숟가락 내리 놔, 임마! 어른이 숟가락 들지도 않았는데, 아, 예. 밥묵자, 얘기도 안 했는데…. 냄새도 맡지 마. 헉! 그런 방법이 있는지 몰랐네. 입술로 처묵네. 제가 저기 김대희 선배 얘기를 해도 돼요? 웬만하면 하지 마라. 좋은 얘기가 많은데 그럼 하지 말아야겠다. 제일 친한 동생이지, 김대희가.

시작하자마자 김대희 얘기하나? 김대희 선배님의 미담

이 엄청 많습니다. 미담? 네, 제가 아는 동생 개그맨 문세윤이라고 있는데 요즘 대세예요. 갸가 니 친구가? 맞습니다. 김대희 선배가 문세윤의 은인이라고 합니다. 와? 데뷔할 때 거의 김대희가 데뷔시켰다고 합니다. 고뤠? 전화를 받고 일반인 자격으로 연기하러 현장에 갔는데, 김대희가 우화화, 웃으면서 리액션을 너무 심하게 해서 PD가 그랬대요. 쟤 써라. 고뤠? 그래서 문세윤이가 일반인 자격으로 6주간 개콘에 출연합니다. 잘했데이. 그렇게 개콘을 출연해서 회사도 계약하고 데뷔를 시킨 거지요.

문세윤이가 신인 때 김대희 금마가 엄청 데꼬 다니면서 술 사줬다고 하대. 개그맨 김대희가요? 그래. 그때 김대희가 그랜저 엑스지를 타고 다녔습니다. 맞다, 은색. 그걸 어떻게 아세요? 친한 동생이니까. 아, 그래서 차에 딱 탔는데 차 본네트에 여자 사진이 하나 있더래요. 액자 형식으로 요렇게. 그게 몇 년도지? 그때가 아마 2002년? 말하지 마라. 왜요? 하지 마라. 2002년이 맞다니까요? 미친×아, 김대희가 제수씨 만난 기 2005년 5월이라니까 잘 생각해 봐라. 2005년이제? 지금 살고 있는 여자 맞다는데 아니에요? 또라이가? 2002년이 맞다니까요. 김대희는 제수씨를 2005년도에 만났는데 어떻게 2002년도에 제수씨 사진이 거기에 있을 수가 있나, 이 새끼야. 취향이 확실했나 보네요. 옛날부터 나랑 똑같은 사람인 줄 알았거든요.

근데 김대희는 생활력이 대단해요. 와? 망할 사람이 아닙니다. 생활력이? 김대희 선배는 그래서 문세윤이가 거의 신인인데 지방 공연을 데리고 다닌 거예요. 김대희가 껴 준 거네? 맞습니다. 김대희 선배가 전국 투어 다닐 때 인기가 엄청났어요, 짧긴 했지만. 고뤠? 그때 안타깝게 너무 스케줄이 많아서 김대희 선배가 허리가 나갔습니다. 디스크 수술했다 카드만. 그때 당시 사장님이 1등 상금으로 10만 원을 내걸면서 장기자랑을 시작했는데, 김대희 선배가 아픈 허리를 껴 맞춰서 뛰어다니더라고요. 그 돈 10만 원 김대희 선배가 먹었어요. 고뤠? 다음 공연장에서는 상금이 만 원부터였는데 김대희는 여지없이 만 원에도 일어나더라고요. 지금은 얼마면 일어나는지 모르겠는데 1,700원이어도 일어날 거야.

내가 솔직히 얘기하면 누가 요즘에 치킨에 콩나물국밥 먹어요. 형, 여기 사람들이 먹으러 와야 하는데 여기서 민경장군 촬영하고 남는 음식 없어요?

생활력

우리나라 속담에는 **살림에는 눈이 보배다**라는 말이 있다 카더라. 무슨 말이겠노? 살림을 알뜰히 잘하려면 일일이 잘 보살펴야 한다는 뜻인 기라. 보살핀다는 게 무슨 뜻이겠노? 꼼꼼하게 따져 보라는 게 아이겠나. 안목을 가지고 잘 따져서 살림을 꾸려야 한다는 뜻이 아이겠나. 미국 속담에는 **집안 살림은 커다란 입을 갖고 있다**는 말도 있는 기라. 살림살이는 언제나 허무하다는 뜻인 기라. 개처럼 벌어 가정승처럼 쓴다는 말은 들을 필요는 없지만서도 우리의 인기가 언제 사라질지 모른데이. 살림살이를 꼼꼼하게 따져 보면서 살아야 우리에게는 행복이 다가오는 기라. 알았제? 이제는 한식 묵자.

066

왕국보다 가정을 다스리는 쪽이 더 어렵다

그놈이 알고 싶다

김상중

행님 오셨습니꺼. 자리 좀 바꾸자. 와예? 내 얼굴이 그쪽이 더 잘 나오거든. 알겠습니더. 지가 밥묵자, 해도 되겠습니꺼? 이게 밥이냐? 형님이 뭐 요런 거 좋아하신다 해 갖꼬 준비했습니더. 내가 이런 거 좋아한다고 누가 그래? 아입니꺼? 야, 이게 칼로리가 얼마나 높은데 뭐 이거 먹고 살 뒤룩뒤룩 찌라는 거냐 뭐냐?

봉선이는 어디 갔니? 집 나갔습니더. 한 1년 좀 넘었습니더. 어디로 갔는지는 모르고? 여동생 민경이 집에 있다 카더만요. 민경이가 누구지? 봉선이 밑에 여동생 민경이고 형님한테 여동생 아입니꺼. 아, 내 밑에 여동생이 또 있었냐? 미쿡생활을 오래 하다 보니까, 가끔 내 가족관계도 좀 까먹는다. 아 맞다. 미국에 오래 계셨지예. 미국이 아니고 미쿡.

내가 왔다니까 날 너무 환대해 주더라. 지가 언제예? 아까. 하도 오랜만에 뵈니까 그랬지예. 난 그래서 여기 채널 제목이 바뀐 줄 알았다. 뭘로예? 꼰대희가 아니라 환대희로. 아, 아재개그 하시는 깁니꺼? 갑자기 추워지네예. 장인어른께 듣기로는 신상중 행님이 어렸을 때부터 그렇게 〈그것이 알고 싶다〉카면서 파헤치고 막 그런 성격이어서 결국에는 형사가 됐다, 뭐 그래 얘기 들었는데예. 응. 직장 상사는 돼 있어. 아, 형사가 아이고 직장 상사요? 응. 근데 우리 아버지는 또 누구냐? 코로나 시국으로 하도 정신이 없으니까 순간적으로 뭔가 좀 기억 상실인지 내 가족 관계가 좀 헷갈린다. 여기 채널에 손윗사람은 내가 처음 나왔냐? 그렇습니더. 괜찮지? 아입니더, 불편한데예. 불편하면 불을 좀 때. 뭐라꼬요? 방에 불을 좀 때면 불편하지 않을 거야. 아, 예.

개고기 먹냐? 못 묵습니더. 어느 식당에서는 개고기 먹고 나오는데 개를 하나 더 주더라? 무슨 개요? 이쑤시개. 아, 그렇습니꺼? 내가 여기 올 때 추어탕을 먹고 왔는데 미꾸라지를 막 갈아서 주잖아? 그, 그렇지예. 미꾸라지보다 더 큰 미꾸라지가 있더라. 뭔데예? 미꾸엑스라지. 갑자기 마이 추워집니더. 입으면 해로운 청바지가 있더라? 뭔데예? 유해진. 농담이 심하십니더. 그러면 니 마누라 신봉선하고 나 신상중하고 공통점이 뭔 줄 아니? 뭔데예? "성 동일." 아, 예. 아프리카에 가면 호랑이가 운전하고 다닌다. 참말로예? 호랑이가 딱 운전하고 가는데 사자가 막 뛰어오는 거야. 호랑이가 딱 차를 세워 놓은 다음에 창문을 싹 내리면서 사자한테 뭐라고 그러는 줄 알아? 뭐라꼬요? "타 이거."

몇 살 된 거냐, 니가? 지가 64년생입니더. 아, 그래? 오래됐습니더. 야, 이게 참 애매하구나. 와예? 나는 65년생이거든. 참말입니꺼? 아, 그러면 야자타임 한 1분만 해볼까? 내가 시간을 줄게. 니가 뭔데 시간을 줘? 아직 시작 안 했다.

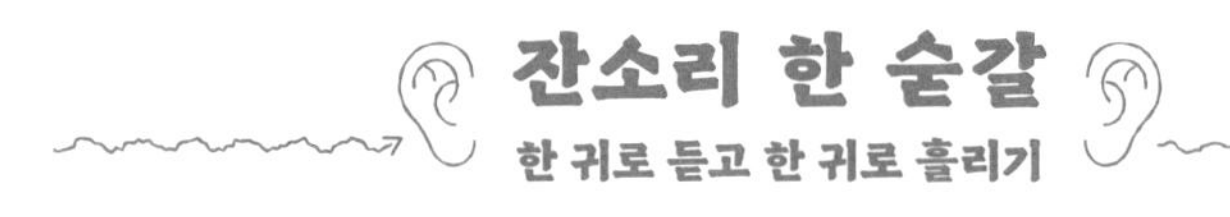

가정

몽테뉴 행님은 이런 말을 했다 캅니더. **왕국을 통치하는 것보다 가정을 다스리는 쪽이 더 어렵다.** 가정을 이끌기가 얼매나 힘들몬 이런 말이 나왔을까예. 소포클레스 행님은 또 이런 말을 했다 캅니더. **자기 가정을 훌륭하게 다스리는 자는 국가의 일에 대해서도 가치 있는 인물이 된다.** 지금 세상에서 남편이 가족을 다스린다는 것은 적절하지 못한 표현이지만서도 최소한 가정을 화목하게 이끌라는 충고가 아니겠습니꺼. 알바니아 속담에는 이런 말도 있습니더. **가정은 땅 위에 세워지지 않고, 아내 위에 세워진다.** 가정에서 남편의 위치만이 아니라 아내의 위치가 얼매나 중요한지 알려주는 말이지예. 집 나간 봉선이가 돌아오마 지가 잘해 줄 낍니더. 이제 화목하게 살 낍니더. 믿어 주이소.

똥줄 타는 밥상스캔들 - 1타 강사 이지영 vs 아내 출타 꼰대희

이지영

족발이네. 통성명은 천천히 하고, 오늘 제가 첫 끼라 밥묵고 시작하입시더. 왼손잡이네. 어릴 적에 부모한테 야단 마이 들었겠네예? 부모님도 왼손잡이였다꼬예? 밥무이소. 근데 누군교? 배우신가? 가수신가? 둘 다인 것도 같고, 둘 다 아닌 것도 같고. 뭐하고 밥묵고 삽니꺼? 뭐라예? 뽕숙이를 가르쳤다고예? 그기 무신 소리입니꺼? 그라몬 래퍼신가? 우리 뽕숙이가 고3 때, 래퍼 대회에 나갔다가 떨어졌어예. 우리 딸이 찾아가서 상담했고 아를 가르쳤다꼬예? 랩을 못해서 하지 말라캤어예. 공부도 못 한다꼬요? 비둘기? 알지예. 비둘기가 어떻게 우냐꼬요? 구구구… 뽕숙이 등급도 구구구? 아, 9등급, 9등급, 9등급이라꼬요? 할말 없네예.

뭐 하시는 분인데예? 학생들 가르친다꼬예? 선상님이라꼬예? 성함이 우찌 됩니꺼? 이지영이라꼬예? 연안 이씨? 양반이네. 몇 학년 몇 반입니꺼? 십 년째, 2학년 4반이라꼬 우긴다꼬예? 10년째몬? 그라몬 3학년이란 말이잖아예. 묻지 말라고예? 영업 비밀이라꼬예? 알겄십니더. 무신 과목을 가르치십니꺼? 윤리, 사회과목을 가르친다꼬예? 강사가 적성에 맞아예? 원래 강사가 되려고 한 건 아니었어예? 처음에는 미국에서 유학했고, 한국으로 돌아와 사법고시를 한 3년 공부하다가 결국 학원 강사가 됐다꼬예? 우와, 학원도 안 가고 독학으로 서울대 장학생으로 입학했구나요. 와, 인간 승리를 했네예. 지금은 연봉 100억의 1타 강사라는 말이 맞는가 봐요. 축하합니더.

그렇게 살았으니까, 인생철학 같은 게 있겠네예? 인생을 즐기자는 주의자라고예? 좋네. 강의를 하다가 한번 심하게 아픈 적이 있었다고예? 그것 땜시 인생관이 변했구나. 학생들 공부도 중요하지만 내 삶도 중요하다로 변해 요트를 타고 바다를 돌아댕기몬서 힐링을 한다꼬예? 앞으로 우리 뽕숙이 공부도 잘 가르쳐 주시고, 본인의 삶도 즐기문서 사이소. 강의를 하실 때 인문학적 강의를 마이 하십니꺼? 그랍니꺼? 저한테 짧게라도 인문학 강의 좀 해주실래요? 뭐라꼬요? 강의를 들으려면… 결제를 먼저 하라꼬요?

잔소리 한 숟갈

한 귀로 듣고 한 귀로 흘리기

동기부여

우리나라 속담에 **드는 돌에 낯 붉는다**는 말이 있습니더. 힘을 들여 돌을 들고난 후라야만 얼굴이 붉어지듯이 세상의 모든 것이 원인이 있어야만 결과가 있다는 뜻입니더. 내는 지영 선생님이 인기가 높은 이유를 알겠습니더. 학원 1타 강사로서 지식을 알려 주는 것도 중요하겠지만서도 학생들에게 지혜를 알려 주니 인기가 높으신 거라꼬 지는 생각합니더. 학생들에게 공부가 필요하다는 동기부여를 해주고 있기 때문에 선생님의 인기가 높다는 그 말입니더. 선생님의 인기는 동기부여가 그 원인이라 그 말입니더. 지식을 알려주는 스승보다 동기부여를 만들어 주는 스승이 진정한 스승이라꼬 믿습니더. 아무쪼록 우리 뽕숙이도 포기하지 마시고 지도편달을 바랍니데이. 밥묵읍시다.

068

미네르바의 부엉이는 황혼이 저물어야 날개를 편다

부엉이는 처음이라…

뷩철이

오늘은 웬 새가… 어이쿠 말을 하네. 우리 〈밥묵자〉에는 사람이 계속 나왔는데 이게 무슨 일인지 모르겠네. 마 어쨌든 반갑다. 괘안타, 내가 펭귄도 만나서 한 끼 같이 했다. 뭐 예~전에는 동물로 개그 꽁트도… 아이 이건 아이고. 근데 뭔데 니는? 정체가 뭐야? 서로 통성명은 해야 할 거 아이가. 뷩철? 아, EBS 웹예능 딩대에 출연중인 대학원생 조교라꼬? 그라믄 지도교수는 누구로? 지도교수는 낄희 교수. 그래그래.

니는 나이를 어떻게 묵었노? 아무리 세상이 바뀌었대도 내는 나이 안 따지고 넘어가면 좀 그렇다. 그래야 서로 예의를 차리고 한다 아이가. 내보다는 어리제? 그래그래.

아, 음식을 멕여 줘야 돼? 고기를 멕여 달라 썰어 달라… 이제는 씹어 달라꼬? 소화기관이 작아? 조류라서 그런가. 그래 뭐 손님인데 몬해 주겠노. … 내가 아를 여럿 키워 봤지만 오랜만에 할라니까 영 어색하네.

아무리 반려동물 1,500만 시대라카지만 펭귄에, 부엉이에 요즘은 동물들이 우째 이리 재주가 많노. 니도 요즘 유행하는 것처럼 '부캐' 아니가? 딱 봐도 인기 많은 거 같은데, 사람들이 좋아하는 모습으로 계속 나올 수 있으면 그게 성공한 부캐 아니겠노. 캐릭터라고 요즘은 애들만 좋아하는 것도 아니고, 어른들이 더 좋아하니까 동물들이 계속 나오는 거 아이겠나.

그런데 부엉이는 지혜의 상징인데 니는 올빼미 아이가? 나? 나는 진짜 꼰대희지. 뭔 부캐는 부캐고. 사랑받는 존재는 흔들리지 않는데이. 올빼미 주제에 말이 많데이.

부엉이

미네르바의 부엉이는 황혼이 저물어야 날개를 편다는 말을 들어봤나? 내가 철학과 83학번 아이가. 헤겔 행님이 자기 책에서 한 말인데, 미네르바는 지혜의 여신이고 그녀의 부엉이도 특성상 밤에 깨어서 볼 수 있기 때문에 지혜의 상징으로 받아들여져 왔대이. 미네르바의 부엉이가 황혼이 저물어야 날개를 편다는 의미는 철학은 앞날을 예측하는 것이 아니라 어떤 현상이 일어난 뒤에야 비로소 역사적인 조건을 고찰하여 철학의 의미가 분명해질 수 있다는 것을 말한다네. 어렵제? 지금 유명하거나, 지금 안 유명해도 세상 이치에는 다 때가 있으니 기다려 보자, 그 말이 아이겠나? 그나저나 니는 논문 다 썼나? 아이야? 밥이나 묵자.

069

일대일의 회화는 10년 독서보다 낫다

호랑이, 공룡 그리고 꼰농

세븐틴(호시+디노)

와우, 이게 뭐꼬? 처음 보는 괴기 같은데. 삼겹살은 아이고. 뭐라꼬? 니 방금 뭐라 캤노? 토마호크! 참 이름이 별스럽네. 아무튼 딱 보이, 비싼 괴기 갈네. 근데, 내 주디에 맞을랑가? 내야, 워낙 서민적인 음식에 길든 주둥이라. 참, 니들은 누꼬? 세븐틴이라꼬? 세븐틴… 들어봤는데. 나이 든 세븐틴, 그거 세븐틴! 비슷한 것 갈다꼬? 니그들 디게 비싼 아들인 모양이네. 우리 PD가 이래 비싼 괴기를 줄 리가 없는데.

직업이 뭐꼬? 가수 맞제? 맞는가베. 너거들이 부른 노래가 뭐드라. 하나라도 생각해 보라꼬? 내라고 다 알겠나? 뭐라, 〈대화가 필요해〉를 무지 좋아했다꼬? 그라몬 김대희를 만나러 가지, 이 먼 데 부산 달맞이고개꺼정 찾아왔노. 꼰대희 아재 찾아가몬 김대희 아재 볼 수 있을지 모른단 소문을 듣고 먼 길 왔다꼬? 김대희, 갸 세브틴이 찾을 만큼 유명하나? 참 별일이네. 개그는 개뿔 별로 못하더마. 성질도 더럽고. 아무튼 나는 김대희는 모린다.

니 이름이 호시라꼬? 호시, 독특하네. 뭔 이름이 그래? 호랑이 시선을 줄여 호시라꼬? 오, 좋네. 니는 디라노사우루스를 줄여서 디노가? 마 시끄럽다. 디라노사우루스면 어떻고, 티라노사우르스면 어떻노, 공룡이면 됐지. 그래서 육식으로다가 음식을 준비했는가베. 방금 뭐라 캤노? 1억 뷰? 그룹 세븐틴이 1억 뷰를 돌파했단 말이가? 아이고, 아우님들, 아니 형님들. 김대희 만나고 잡다꼬 했지예? 곧 불러올 테니, 기다려 보이소. 호랑이랑 공룡이 와서, 괴기를 준비한 거네예. 오호, 다 뜻이 있었네. 니는 호랑이, 니는 공룡, 내는 용이네. 반갑데이, 내 좀 잘 봐도.

잔소리 한 술갈
한 귀로 듣고 한 귀로 흘리기

대화

멤버가 모두 몇 명이고? 13명? 사람이 많으모 대화가 필요하데이. 롱펠로라는 사람이 무슨 말을 했는지 아나? 현명한 자와 책상을 마주 보고 하는 일대일의 회화는 10년간에 걸친 독서보다도 낫다고 했다. 어려운 일이 있으면 멤버들과 대화를 마이 해라. 본이라는 사람이 회화는 명상 이상의 것을 가르친다꼬 말한 것은 대화의 중요성을 강조한 기 아이겠노. 홈스라는 사람은 무슨 말을 했는지 아나? 말하는 것은 지식의 영역이며, 듣는 것은 지혜의 특권이다. 대화를 많이 하되 듣는 것을 마이 하몬 지혜가 생긴다 그 말이 아이겠나. 대화를 마이 해야 인간관계가 원만해진데이. 명심하라꼬.

070

남의 과오에서 이점을 찾아라

불자와 함께 크리스마스 특집

김홍국

행님, 오셨습니꺼? 제가 어릴 적부텅 호랑나비 노래를 듣고 자랐다 아입니꺼. 뭔 사투리냐고예? 행님, 몰랐심니꺼? 제 고향이 원래 부산이다 아입니꺼.

“웃기고 있네. 니가 임마 무슨 부산이야? 서울이잖아.”

행님, 무신 말하는 겁니꺼? 제가 부산이고, 여는 해운대 달맞이고개입니더. 형님, 어제 술을 마이 드셨네예.

“아, 이 자식이 뭔 헛소리 하는 거야. 요즘 금주하면서 겸손하게 살고 있는데 뭔 엉뚱한 말이야. 내가 마포로 내비 찍고 왔는데. 여기 마포고, 마포구청장은 내 친구여."

마포구청장 얘기가 와 나옵니꺼? 행님, 남의 유튜브 방송에 와가 뜬금없는 말을 하몬 우짭니꺼?

"아무리 유튜브라고 해도 이래 공갈을 치면 안 되지. 잠깐, 설정인가? 아무리 컨셉이라도 너무 어설프다. 니 사투리 그게 뭐냐? 경상도 사투리도 아니고 어중간하게."

행님, 59년생 맞지예? 그래가 〈1959년 왕십리〉가 됐잖아예. 잘 안다꼬예? 제가 형님에 대해 모르는 게 뭐가 있겠습니꺼. 지는 64년생입니더. 참 세월 빠르지예. 우찌하다 보이 벌써 환갑이 됐심니더. 행님, '친구의 〈거미라도 될 걸 그랬어〉' 사건 있잖아예. 라디오 생방송 할 때, 그 얘기 좀 해주이소.

"또 그 얘기야?"

가수 차도균의 〈철없는 아내〉를 소개할 때, 차도균이 부릅니다, 〈털없는 아내〉로 소개했다면서요. 그라고 행님 때문에 가수 거미의 노래 제목이 〈친구라도 될 걸 그랬어〉였는데, 〈거미라도 될 걸 그랬어〉로 변했잖아예.

"그 노래가 처음 나올 때였어. 당시는 PD가 펜으로 써서 진행자한테 알려줬단 말이야. 나는 설마 거미가 노래를 부를 줄은 몰랐지. 그래서 이건 PD가 글자를 잘못 적었다고 생각했어. 그래서 친구가 부릅니다, '거미라도 될 걸 그랬어'로 소개했지. 방송이 그렇게 나가서 난리가 났어. 친구가 거미로 변했으니까. 그때를 생각하면 지금도 땀이 나네. 그런데 뒤에 그 가수 거미를 만났어. 그 가수가 그러더라고, 덕분에 노래가 그때 곧바로 떴다고.”

행님이 좋은 일 했네예.

“실수가 꼭 나쁜 건 아닌 것 같아!”

알겠네예. 오늘은 크리스마스 이브인데 나중에 캐럴 음반도 내시지예.

“나 불자야.”

잔소리 한 숟갈

한 귀로 듣고 한 귀로 흘리기

실수_2

사람이 살아가면서 실수가 있고, 과오가 와 없겠습니꺼. 루소 행님은 이런 말을 했다꼬 합니더. 과실을 부끄러워하라. 그러나 과실을 회개하는 것은 부끄러워하지 말라. 실수 때문에 괴로우셨겠지만서도 그 실수나 과실을 회개하면 성공하는 깁니더. 테렌티우스라는 사람은 현명한 것은 남의 과오에서 이점을 찾아내는 데 있다꼬 했습니더. 행님은 실수나 과실이나 과오로부터 이점을 찾고 있기 때문에 현명하신 깁니더. 누구나 실수는 하지만 실수를 통해서 성찰하고 반성을 해야만 실수가 행운이 된다꼬 믿습니더. 나의 실수뿐만이 아이라 남의 실수를 통해서 장점을 찾아내믄 지혜의 길이 열리는 깁니더. 지도 마이 똑똑하지예? 살피 가이소.

071

일기는 다른 사람들에게도 말을 한다

내 밥인 듯 내 밥 아닌 내 밥 같은 너

소유

한상 차렸네. 이기 다 뭐꼬? 발이네. 니가 주로 발 종류로 좋아한다꼬? 족발, 닭발. 남의 발을 와 그리 묵을라 캐쌌노? 그래도 니가 좋아한다 카이 묵어야지. 우짜노. 근데 닌 누꼬? 얼굴이 낯이 익다. 텔레비에 마이 나왔나? 일단 이름하고, 나이가 우찌 되노? 강소유이고, 3학년 3반이라꼬? 얼굴은 그리께정 안 보이는데. 니 동안이네.

입이 짜리네, 밥을 안 묵고. 뭐라? 탄수화물과 당을 빼고 묵는 다이어트 중이라꼬? 키토 다이어트? 그런 다이어트도 있나? 내는 꼬깔 꼰 씨의 38대손, 꼰대희다. 나는 니 나이에 곱하기 2하고, 6을 빼몬 된다. 환갑이냐고? 맞다. 뭐라, 가수라꼬? 노래 뭐 있나? 얼굴 예뻰 기 노래보다 얼굴로 승부했을 것 같은데. 뭐라? 〈섬〉이라꼬? 그런 노래도 있었나? 섬이 아이라 〈썸〉이라꼬?

아, 썸타는 썸? 알지 그 노래. 그 노래 모리는 사람도 있나? 우쩐지 얼굴을 마이 봤다 했네. 그 가사 죅였는데. 한 10년 된 노래 같은데. 2014년에 나온 노래라꼬? 듀엣곡 아닌가? 맞제. 그 노래를 소유가 불렀구나. 〈씨스타〉 리드 보컬로 활동했다꼬?

그라고 본께 니 얼굴이 생각이 났다. 실물이 훨씬 낫네. 니는 텔레비 빨이 별로 안 받네. 그런 소리 마이 듣는다꼬? 근데, 여기 온 이유는 뭐꼬? 유튜브 〈소유기〉라고 있는데, 구독자가 제자리 걸음이라꼬? 소유기, 소유의 일상을 기록하다. 뭐, 그런 뜻이라꼬? 여기 나왔으니 조회 수가 늘어날 끼다. 정말? 그럼, 특별한 비결 있냐꼬? 그런 거 없다. 그냥 열심히 하몬 저절로 사람들이 모인다. 니 노래도 하나씩 올려 놓고 해봐라.

썸을 생각하니, 갑자기 술이 확 댕기네. 와, 내가 술이 댕기는 줄 안다꼬? 뭔데? 미누라가 집을 나가지 않았냐꼬? 우찌 알았어? 벌써 온 동네 소문이 다 났다꼬? 사람들이 뭐라 카데? 혼자 밥묵는 기 불쌍해 찾아가서 밥 한 번씩 무 준다꼬? 왠지 평소 안 보이던 인간들이 자주 찾아온다 했네. 니는 술은 좀 마시나? 세 병꺼정은 한다꼬? 우리 술이나 한잔 하까? 담 일정이 있다꼬? 알았다.

잔소리 한 숟갈

한 귀로 듣고 한 귀로 흘리기

일기

〈꼰대희〉를 찾아와가 고민을 털어내니까 내도 신경이 마이 쓰였다 아이가. 카네기라는 행님은 일기에서는 자기 자신을 상대로 이야기할 뿐만 아니라 다른 사람들에게도 말을 한다꼬 강조했는 기라. 일기를 열심히 쓰고 늘 하루를 성찰하그레이. 스스로를 매일 성찰하마 누구나 성공하는 기라. 미국 소설가 아나이스 닌은 이런 말을 했다카더라. 나는 유명해지기 위해 글을 쓰는 것이 아니다. 내 인생의 가치를 높이기 위해서 그리고 더욱 창조적으로 되기 위해서 글을 쓰는 것이다. 글을 쓰마 내 인생의 가치가 올라간다니 해볼만하다 아이가. 내도 응원한다꼬? 고맙데이.

072

열심과 노름은 동행자다

내가 아는 믹스는 커피믹스밖에 없는데

엔믹스(릴리+해원)

해원은 2학년 0반? 반 배정은 못 받았네. 해주 오씨 오해원. 니는 족보를 환하게 꿰뚫고 있네. 좋아요. 아주 좋아요. 괜히 K팝이 아이구먼. 이 정도는 돼야, 외국에 나가서 한국 사람이라꼬 할 수 있지. 옆에 앉은 처자는 이름이 뭐꼬? 릴리 진 머로우(Lily Jin Morrow), 성이 진 머루우구먼. 2학년 1반. 한국과 호주, 이중 국적이라꼬? 그래서 이름이 쪼매 독특하네.

엔믹스(NMIXX)는 어디 소속이고? JYP엔터테인먼트?

모두 몇 명이고? 현재는 6인조 걸그룹이고 릴리, 해원, 설윤, 배이, 지우, 규진이 멤버인데, 느그 둘이 나왔단 거네. 박진영 씨가 하는 회사 맞제? 엔믹스는 무신 뜻인고? now, new, next, 미지수 n을 뜻하는 'N'과 다양성을 상징하는 'MIX' 합성어라꼬? 복잡해 보여도 모아 보이 간단하네. 살코기만 모아놓은 기구마.

우리 PD 말로는 해원이랑 릴리가 팀의 메인 보컬이라꼬? 그라고 릴리 가창력이 엄청나다몬서. 뭐라 카더라? 아이돌 중에서 최상위권이라 카데. 릴리야, 뭐라꼬? 절대로 아이라꼬. 니만 잘 하는 게 아이라 그룹이 다 잘한다꼬? 좋아요. 그런 팀워크 정신이 있어야지. 그룹 구성원 중에서 나이가 젤로 마이 묵었다 카더마 어른스럽네.

여기는 신곡 땜시 나왔제? 우찌 알았냐꼬? 뛰어봐야 부처님 손바닥 위인 기라. 새로 나온 곡이 뭐꼬? 〈다이스〉라꼬? 주사위인가? 무신 뜻이고? 신비주의 뭐 그런 건가? 그렇다고 할 수 있다꼬? 하긴 주사위는 뭐가 나올지 알 수 없잖아. 꼰대들은 신비주의 별로 좋아하지 않지만 세상에 꼰대들만 있는 것은 아이니까. 게임은 시작됐고 주사위는 던져졌으이 두려워 말고 도전하란 의미로 읽히네. 우리 같은 꼰대가 보마 내용은 잘 모르지만 열심히 하는 건 다 보인다. 응원할 끼라. 홧띵!

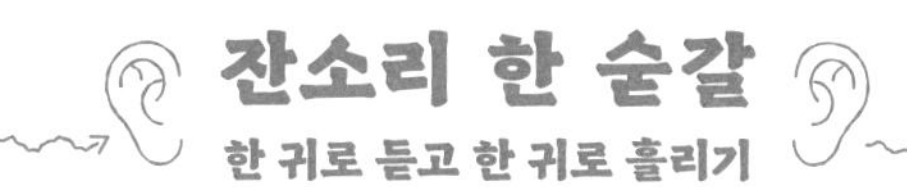

주사위

청년들의 도전은 우찌 보믄 도박인 기라. 성공과 실패의 확률은 반반이니까 엄청 높은 기다. 덴마크 속담에는 **열심과 노름은 동행자다**라는 말이 있데이. 성실한 마음도 일확천금을 노리는 마음도 출발은 같고 함께 움직인다는 말이 아이겠나. 우리나라 속담에는 **사람은 잡기를 해 보아야 마음을 안다**는 말도 있데이. 사람은 투기성이 있는 노름을 할 때 그 본성이 잘 나타난다는 뜻인 기라. 열심히 도전하믄 당연히 좋은 결과가 온다는 진리를 잊으믄 안 된데이. 주사위는 던져졌으니 피하지 말고 즐기라. 다이어트한다꼬 굶지 말그래이. 알았제. 밥묵자.

073

매우 작은 차이가 천 리 된다

밥 한 끼 먹어는 드릴게

박성광 × 박성웅

박성광이는 내가 잘 알지. 아마 2007년 KBS 22기 공채 개그맨이잖아. 김대희 그너마가 니 얘기를 마이 하더라꼬. 뭐라꼬? 무신 말 했냐꼬? 사람은 좋은데, 싸가지가 바가지라 카더라. 뭐라, 참 기가 막힌다꼬. 대희 형님 뒷담화 장렬하다꼬. 요새, 대희 형님 우찌 사냐고? 내가 갸 소식을 우찌 아노? 내도 정확히는 모린다. 대희 얘기는 고마해라. 뭐, 대희 형님이랑 꼰대희 형님이란 안 좋은 일 있었냐꼬? 고마해라. 뭐 김대희

일로 소리꺼정 지르냐꼬? 미안하다.

그런데 박성웅 씨가 놀랬겠다. 몇 학년 몇 반입니꺼? 5학년 1반이라꼬예? 두 사람은 무신 관계가 없어 보이는데 우찌케 만난는교? 2009년에 만났는데 개그맨 하는 이 친구가 꿈이 감독이라믄서 자기 영화에 출연해 달라꼬 나중에 대본을 보내드리겠다고 했다꼬예? 그란데 시나리오를 12년만에 받았다? 그래서 그 대본으로 영화를 찍었구나. 영화 제목이 뭡니꺼? 〈웅남이〉 웅~~ 남이. 감독 웅이 얘긴가? 아기가 마늘과 쑥을 100일 동안 먹고, 곰에서 사람이 된 사람 얘기라꼬요? 웅이 웅담할 때 웅이구먼. 오달수, 최민식 씨도 나온다꼬? 캐스팅 화려하네. 코미디 영화라 뭐가 좀 될 것 같다.

처음 대본을 받고 어땠습니꺼? 빨리 답변을 준다꼬는 했는데 다음 날 답변이 없어가 점마가 실망했다꼬예? 그리고 3일 만에 대답을 줬어예? 우와, 엄청 빨랐네. 뭐라꼬요? 개그콘서트식 영화와 일반 코미디 영화는 맞고 틀린 게 아이고 다르다꼬요? 아, 중요한 지적입니더. 이제 박성광은 감독이고, 박성웅 씨는 마이 도와주이소. 그라몬, 이 자리에서 뭘 걸어야 해. 관객 100만이 들면 팬티를 벗겠다. 뭐 이런 거 있잖아. 박 감독은 100만이 들면 1천만 원 내고, 유기견 센터나 동물보호센터에 봉사 기부한다꼬? 박성웅 씨는 200만 돌파하믄 2천만 원 기부한다꼬요? 내는 관객 1천만 명이몬 1억 원을 기부한다. 참말이데이. 관객이 800만 정도가 되마 매일 숨넘어 갈 낀데. 아이고 우야노….

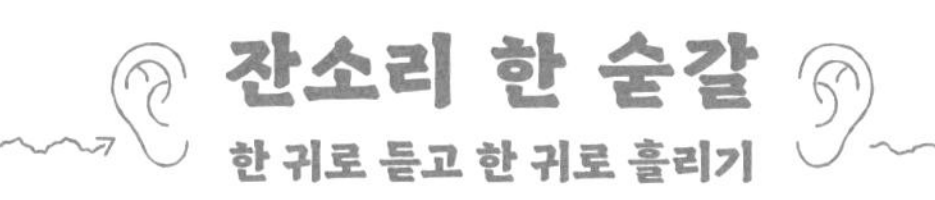

차이

영국 속담에는 **매우 작은 차이가 천 리 된다**는 말이 있는 기라요. 영어로는 **An inch in a miss is good as an ell.**입니더. 지도 마이 유식하지예? 내사마 〈웅남이〉라는 영화의 무운을 빌지만서도 **개그콘서트식 영화와 일반 코미디 영화는 맞고 틀린 게 아니고 다르다**는 말을 새겨 들어야 한다꼬 생각합니더. 개그콘서트와 코미디 영화의 차이는 바로 내용이 문제가 아이라 영화라는 형식이 따로 있기에 다른 기라요. 작은 차이로 보이지만서도 큰 차이인 기라. 내도 무슨 말을 하는지 모르니 신경 쓸 것 엄써요. 또 만나가 밥 한번 묵읍시더.

074

질서 속에서만 평화가 있다

싱어송라이터 이무진, 신곡 '뻥' 최초 공개!

이무진

이무진? 이무진은 몇 학년 몇 반이고? 올해 2학년 3반이라꼬? 아따, 얼라네. 헤어 디자이너인가? 아이라꼬? 배우상은 아인데. 목소리도 성우 톤도 아이고, 뭐, 뭐라 할까? 가수는 아인 것 같은데. 가수라꼬? 그래. 헛다리 짚었네. 요새 몸이 안 좋으니까, 신기가 마이 떨어지네.

나는 이빨이 안 좋고, 약간 다운돼 갖고 오늘은 밥 생각은 없다. 아고고, 육십 고개를 넘어가니 신경이 나갔다 아이

가. 음식은 입에 맞나? 내 말 못 알아들었나? 음식이 맛이 있냐고 물었다꼬. 젊은 아가 귀가 이래 어둡나? 입에 맞나, 물었다. 맛이 괜찮진 않고, 좀 짠 편이라꼬? 너 혹시 내 죽일라꼬 왔나? 킬러 아이라 가수라꼬? 방금 말을 제대로 알아들은 모양이네. 아무래도 이상한데. 일단 알았다. 혹시 이 자리가 불편한가? 생각보단 불편하지 않고 적당히 불편하다꼬? 그라몬 여기 불편하단 얘기잖아. 다시 말해봐. '여러분 여기가 편하지 않습니다.' 니 노래가 뭐꼬? 니 노래 중에 〈우주비행사〉가 있다꼬? 알았다.

"뭐라고 불러야 할지. 형님이라고 불러도 될까요."

형님, 괜찮아! 내가 젊어 보이고 좋네. 형님이 알 만한 노래가 혹시 있을까? 뭐라? 〈신호등〉? 내용이 뭐더라. 붉은색 푸른색 그 사이 3초 그 짧은 시간 노란색 빛을 내는 저기 저 신호등이 내 머릿속을 텅 비워버려.

알아! 알지. 〈신호등〉, 이 노래 유명하잖아. 그러면 내가 자작한 곡이 있어. 기타 함 줘 봐라. 내가 불러 줄 테니까. 이 곡을 너한테 주려고. 요새 〈새삥〉이 유행하니까, 새삥은 그렇고 〈삥〉으로 하몬 될 것 같네.

깜빡이는 가로등 앞에 문득 걸음을 멈추고 무심코 올려본 하늘엔 너의 미소 비춰진다, 메마른 내 영혼에 촉촉한 단비를 심어주고 얼어붙은 내 맘에 따스한 햇살로 다가온 너.

너와 함께 있는 이 순간 난 정말 너무나 행복…. PD야, 이무진 어디 갔노?

"약속이 있다고 먼저 갔어요."

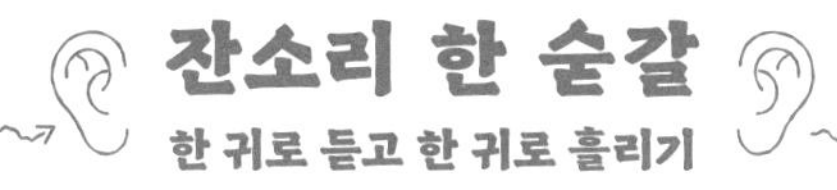

신호등

〈신호등〉을 들으면서 내 머릿속에는 〈질서〉라는 단어가 떠올랐던 기라. 세상사가 모두 신호등인 기라. 세상사에는 당연히 질서가 있는 기라, 이 말이다. 아미엘이라는 사람은 **질서 속에서만 평화가 있다**꼬 강조했는 기라. 살다 보면 직진도 있고, 좌회전, 우회전 그리고 더러 유턴할 때도 있재. 문제는 그 질서를 지켜야 평화가 있다는 말인 기라. 훌륭한 싱어송라이터로 우뚝 섰으니까네 〈신호등〉처럼 원칙을 잘 지켜 가 평화롭게 살자. 아, 그라고 내가 작사 작곡한 〈삥〉이란 곡은 편곡해 가 잘 쓰겠다꼬 했는데 고마 돌리도. 그 노래가 그래 좋은 줄 몰랐다 아이가. 좋은 말로 할 때 돌리도. 연락 기다린데이. 낸중에 밥묵자.

075
참된 모방은 완전한 독창이다

가수 이지훈 씨, 개그맨 김준현 씨 모셨습니다

이지훈 × 고규필

근데 니들 누꼬? 먼저 니는 이름이 뭐꼬? 88년생, 이지훈. 알지. 내가 잘 알아. 와, 하늘은 너를 데려가는지. 그 지훈이 아이라꼬? 그럼, 니는 무신 지훈이고? 〈학교〉라는 드라마에 나온 이지훈이라꼬? 세상에 지훈이 참 많네. 니는 3학년 6반이야? 〈학교〉라몬 오래 전에 KBS드라마 아이가? 내 알지. 〈핵교〉.

그런데 옆에 니는 누꼬? 마이 보든 얼굴인데. 그런 소리 마이 듣는다꼬? 근데 오데서 봤더라. 개그맨 김준현이구나. 몰라봤네. 내 니 얘기는 김대희한테 마이 들었다. 몰라 뵙고 미안합니다. 준현 씨. 뭐라꼬? 이쪽도 김준현이 아니라꼬? 이 팀은 뭐꼬? 이지훈도 아이고, 김준현처럼 생겼는데, 준현이도 아이라 카고. 참, 환장하겠네. 마이 닮았는데.

그럼 니는 누고? 몇 학년 몇 반이고? 4학년 2반. 〈범죄도시 3〉 영화 아냐꼬? 알지! 맞다. 생각났다. 그 영화에 나왔다. 초롱이. 몸에 문신하고 나와가 까불대다가 한탕이 쭉 뻗어부리는 캐릭터. 그런데 뭣 땜시 왔노? 영화를 찍어 개봉을 했다꼬? 영화 제목은 〈빈틈없는 사이〉. 로맨틱 코메디라꼬? 프랑스 영화 리메이크 작품이라꼬? 뭐라, 100만이 목표라꼬? 1,000만? 아이고, 영화 대박 나라. 근데 내 영화 얘기 함 들어볼래. 내가 만든 영화가 있거든. 〈나의 아저씨, 꼰대희〉. 그걸 또 이번에 시즌 2를 제작할라꼬. 근데 너거들 배우로 캐스팅해 줄게. 뭐라? 바쁜 일이 있어 가봐야 한다꼬? 야, 이 자슥들아. 같이 가자니까.

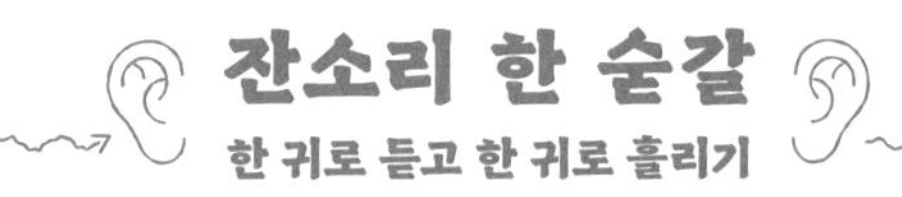

닮은_꼴과_독창성

누구를 닮았다 캐도 그기 우리 잘못은 아닌 기라. 닮았다 캐도 그기 모방은 아닌 기라. 모방이라 캐도 **참된 모방은 가장 완전한 독창**이라꼬 볼테르 행님이 말씀하셨는 기라. 누굴 닮았다꼬 기죽지 말고, 참된 나를 찾으면 그기 독창인 거다. 웰스라는 사람은 이렇게 말했다대. **인간의 역사는 그 근본에 있어서 창조의 역사이다.** 칼라일은 독창성에 대해 이래 말했는 기라. **독창의 공덕은 참신함에 있는 것이 아니고 진지함에 있는 것이다. 확신 있는 사람은 독창의 사람이다.** 자신만의 진지함과 확신이 있으마 독창성을 인정받을 수 있다 그 말이다. 내 말에 동의하나? 그라믄 낸중에 또 밥묵자.

076

아버지답기는 어려운 일이다

치열 고른 황치열과 치열한 식사

황치열

오늘 밥은 뭐꼬? 호구? 니가 중국 댕길 때 자주 묵었던 음식이라꼬? 나는 호구 이런 거 싫다. 이거 묵고 호구되몬 우짜노? 호구가 아이라 훠궈라꼬? 중국 사람인가? 한국 사람이라꼬? 그란데 중국 음식을 좋아해? 중국에서 워낙 마이 묵었다꼬? 한국 사람이몬 밥을 마이 묵겠지.

뭐라? 4학년 1반이라꼬? 와, 이리 동안이고. 와, 진짜 어리베이네. 이름은 뭐꼬? 황치열이라꼬? 니 말투가 갱상도다.

오데 출신이고? 구미라꼬? 오데 황 씨고? 창원 황 씨의 본교 봉교공파 32대손? 좋네! 아주 좋았어. 족보를 알고, 기본적으로다가 내 뿌리 정도는 알고 있어야지. 요즘 나오는 아들은 말이야. 그것도 모리고 설친다.

가수라꼬? 황치열. 니 노래를 한 번쯤은 들어봤을 거라꼬? 아직은 모르겄다. 뭐라? 니가 중국판 〈나는 가수다〉 나갔다꼬? 우짜다가 그 먼 데꺼정 갔노? 〈불후의 명곡〉 알지. 그거 모리는 사람도 있나? 거기서 명곡 '아버지'를 불렀는데, 중국판 '나는 가수다' 관계자가 그 노래를 듣고 초청을 해 와가 거길 갔다꼬? 그라몬 한국 대표로 나간 거구먼. 아버지 얘기를 하니까네 갑자기 눈물이 나올라 칸다. 가출한 아내도 아들도 딸도 생각난다이. 술 좀 가 와라. 몸에 좋지도 않은 술은 먹어서 없애뿌리야겄따.

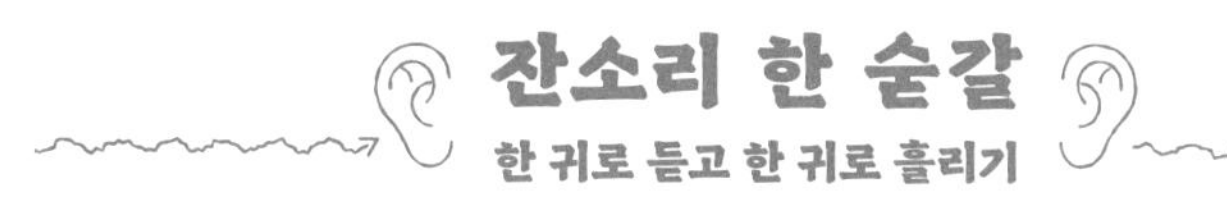

아버지

〈아버지〉라는 노래를 들어보이 마음이 울찍해지더라. 세상에는 효자와 효녀만 살고 있데이. 어무이도 애틋하지만서도 내는 아버지 때문에 늘 마음이 아픈 기라. 니도 장가가면 아버지가 될 끼고, 내도 아버지인 기라. 세링그레스라는 사람은 이런 어록을 남겼단다. **아버지가 되기는 쉽다. 그러나 아버지답기는 어려운 일이다.** 아버지를 존경하지 않고 성공한 사람이 오데가 있겠노. 허버트는 **한 사람의 아버지가 백 사람의 선생보다 낫다**꼬 했는 기라. 우리나라 속담에 **아비만 한 자식 없다**는 들어봤제? 자식이 아무리 훌륭하게 되었더라도 그 아버지만은 못하다는 말이란다. 아버지를 마이 사랑하제이. 술묵자.

077

사람은 태어나자마자 죽음이 시작된다

사신의 탈을 쓴 마술신

이은결

밥묵자. 와, 옷을 시커멓게 입고 왔어? 오데 초상집에 온 것도 아이고 말이야. 뭐라? 묵고 얘기하자꼬? 근데, 와 육개장이야? 육개장을 좋아하는 모양이네. 맛을 함 보몬 안 되냐꼬? 안 될 거 뭐 있어. 보몬 되는 거지. 뭐야? 혀가 쭉 빠지네. 너 뭐야? 혀가 그렇게 길어. PD야, 이 친구 뭐하는 자슥이고? 마술사 이은결? 마술사가 아이라 일루셔니스트라꼬? 그기 뭐꼬? 그런 게 있다꼬? 그래, 차츰 알게 되몬 좋지. 긴장감도 있고. 니는 그런 걸 좋아하지? 뭐라? 뭐라카노? 나중에도 좋아 할지 의문이라꼬? 알았다. 함 가보자.

뭐라, 데스노트를 아냐꼬? 사신이 나오는 일본 만화 아이가? 사신이 뭔줄 아냐꼬? 짜식이, 그거 모리는 사람도 있나? 죽을 사, 귀신 신 아이가? 이건 뭐꼬? 초를 와 꺼내노? 식사할 때 분위기 좀 잡을라꼬? 초가 켜지고, 검은색에 메뉴는 육개장, 벽에다가 누구 사진 한 장 걸어 놓으몬 분위기 요상하겠다. 혹시 설마, 계속 함 가보자.

자슥아, 육개장 빨리 무라. 맛을 보니, 너무 싱겁더라꼬? 그라몬 소금을 좀 더 넣어야지. 소금이 없는데 우짜노? 소금을 가져왔다꼬? 그라몬 그걸 넣어라. 빨리 안 뿌리고 뭐하노? 자, 잠, 잠깐만. 소금이 오데로 사라졌노? 병 속에 있던 소금이 죄다 없어졌네. 어라, 손에서 연기가 나오네. 연기가 아이라 소금이라꼬? 다른 거 하나 보여 준다꼬? 해봐라. 뭐야, 젓가락이 콧구멍을 찔러, 그, 그, 그게 아이네. 젓가락이 사라졌네.

또 뭐꼬? 가방에서 뭘 꺼내노? 노트, 거기에 뭘 적노? 소금, 젓가락, 방금 없어진 거 아이가. 맞다꼬? 이게 일종의 데스노트인 셈이네. 일루셔니스트가 뭔지 곧 알게 될 거라꼬? 그게 뭐꼬? 조명 좀 꺼달라꼬? 벽에 그림자로 동물 형상을 만들어 보여주고 싶다꼬? 좋다. 갑자기 어두워지니 쪼매 무섭네.

뭐꼬? 재주 좋다. 손으로 벽에다가 토끼를 만들었네. 이건 또 뭐꼬? 순록, 두 마리네. 늑대다. 사자네, 입을 크게 벌리니, 무섭다. 가만가만 이게 누꼬? 벽에 내 영정 사진이 걸렸네. 내, 내, 내, 내가 죽은 기가? 데스노트 꼰대희? 무섭데이.

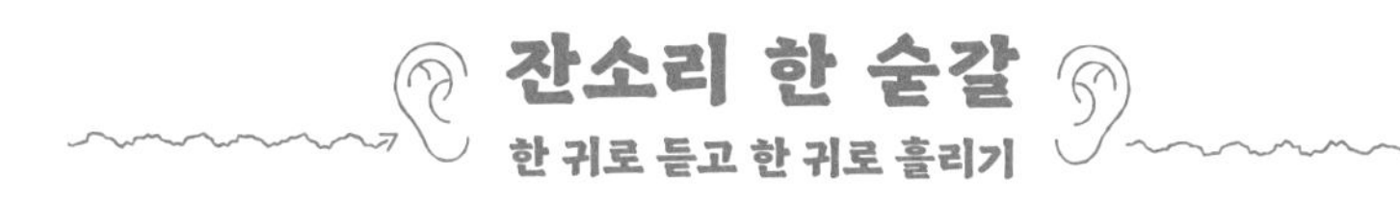

죽음

라 퐁텐이라는 사람은 **마치 죽은 거나 다름없는 사람이 가장 죽음을 싫어한다**는 말을 했다네. 죽음 앞에서 멀쩡한 사람이 누가 있겠노. 프랭클린은 **인간은 죽어서 비로소 완전히 태어난다**꼬 했는 기라. 말이야 편하게 하지만서도 공감하기는 좀 어려운 말이고마. 독일 속담에는 **사람은 태어나자마자 죽음이 시작된다**는 말을 했다꼬 한데이. 죽음은 사람에게는 가장 무서운 것이지만서도 늘 내 곁에 와 있는 현상인 기라. 마술로 죽음에 대한 생각을 일깨워 줘서 놀랐데이. 마술사라는 기 참 희한하고 부럽데이. 인간의 환상만 보여준 게 아니라 공포도 보여줄 수 있다는 데 놀랍데이. 그래도 사는 동안 행복하자몬 밥을 묵어야 하는 기라. 밥 묵자.

078

처음이 나쁘면 끝도 나쁘다

느슨해진 밥묵자판에 로켓펀치

로켓펀치(쥬리+수윤)

젊은 처자들은 누꼬? 아이돌인가? 〈로켓펀치〉? 로켓배송이 아이라 로켓펀치라꼬? 쪼매 낯설다. 하고 많은 이름 중에 와 하필 로켓펀치로 했을까?

“저희 로켓펀치는 지루한 일상을 거부합니다. 이제 현대인들의 그런 일상에, 저희가 음악과 아름다운 무대로 신선한 한 방의 펀치를 날려드리겠다. 로켓펀치는 저희 포부를 담은 이름입니다.”

잘 외워 나왔네. 단조로운 일상을 향해 날리는 신선한 펀치, 뭐 이런 뜻인가? 로켓펀치가 한 방으로 지루함을 끝내 주겠다. 맞다꼬? 맞겠지. 내가 아이돌 관상을 보는 것으로 묵고 산 지가 쪼매 됐다. 이름은 우찌 되노? 쥬리라꼬? 니 이름은? 수윤, 어른한테 얘기할 때는 성꺼정 얘기하는 기다. 김수윤이라꼬? 김해 김씨? 파는? 양파, 쪽파, 그런 파 말고. 가문이란 뜻인데 니네 집의 가문이 있을 끼다. 담에 아버님께 여쭤봐라. 내는 꼬깔 꼰 씨에 배고파다. 배고프니까, 빨리 묵자꼬? 그런 배고파가 아이라 배고 가문이란 뜻이다. 배고가 무신 뜻이냐꼬? 너무 깊이 묻지 마라. 배고파 죽겠다. 빨리 묵자.

너는 이름이 서쥬리라꼬? 오디 서씨인데? 망원 서씨라꼬? 그런 서씨도 있나? 꼬깔 꼰 씨도 있는데, 망원도 있을 수 있다꼬? 하긴, 뭔가 말이 어눌하네. 외국 사람인가? 일본에서 왔다꼬? 한국 이름이 서쥬리. 그럼, 망원 서씨 가문의 시조네. 서씨는 2학년 6반이고, 수윤은 2학년 2반이라꼬? 아직 한참 좋을 나이데이.

두 번째 싱글 앨범 〈플래시〉로 컴백했다꼬? 프롬 파티 컨셉으로 준비했다꼬? 프롬 파티는 뭐꼬? 외국에서 졸업하는 친구들이 마지막으로 즐기는 파티? 외국 친구들 파티는 요란하지. 더구나 졸업 파티라몬 난리가 났겠네. 그것은 마지막 파티이기도 하지만 마지막은 또 새로운 시작이라꼬? 의미

좋네 대박이 나야 할 낀데. 내도 파티를 엄청 좋아한데이. 포지션이 없는 그룹이야? 6명이 다 하는 기야? 오, 그래? 지루한 채널에 와 가 활력을 넣어주니 고맙데이. 대박 나그레이.

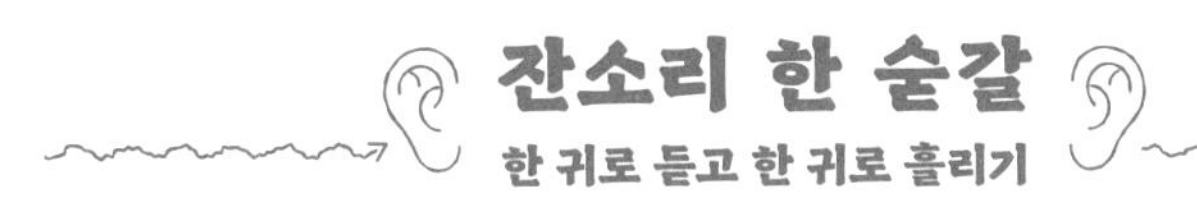

프롬_파티

프롬 파티라는 기 학교를 졸업하는 친구들이 마지막으로 즐기는 파티라 카는데 졸업은 느그들 말대로 새로운 시작인 기라. 〈플래시〉가 그 분위기를 담았으니 대박 나기를 바란데이. 에우리피데스라는 사람은 **처음이 나쁘면 끝도 나쁘다**는 말을 했는 기라. 일의 시작이 매우 중요하다는 말이니까네 서로 친구들끼리 응원하는 파티는 내도 좋게 본다. 플라우스트라는 사람은 **끝맺음보다 시작이 쉽다**꼬 했다. 시작은 쉬우니 끝맺음을 잘 해야 한다는 말로도 들린다. 그러니까네 겁먹지 말고 도전하는 젊은이가 돼야 한다 그 말이다. 즐길 때 즐기고, 도전할 때 도전하믄 되는 기라. 밥은 묵고 댕기라. 알았제?

079

가을 식은 밥이 봄 양식이다

깔아주고 깔아주다 깔려버린 콤비(특집 2탄)

류근지 × 서태훈

서태훈 씨, 류근지 씨는 내가 좀 마이 보고 싶었어. 두 사람이 개그콘서트에서 보니까 듀엣이더마. 서태훈 씨는 나이가 3학년 6반이고, 류근지 씨는 3학년 9반이라꼬? 두 사람 얘기는 김대희한테 마이 들었지.

"말 말아요. 김대희가, 자랑, 자랑, 언젠가 김대희가 말이죠."

나이가 니그들보다 많을 긴데. 말 놓아도 되나?

"없는데 어때요. 대통령도 없는 데서 욕하는데 지가 뭐라꼬."

지가 뭐라꼬?

"꼰대희 선배님, 듣기 불편해요?"

"불편해도 할 말은 해야 하고, 들을 말은 들어야죠."

뭔데?

"자기가 송중기하고 롯데리아 야채 버거 CF 찍었다고, 말도 못 하게 자랑, 자랑. 그런 자랑도 없을 겁니다."

송중기하고 CF 찍었으몬 자랑할 만한 거 아인가?

"그런 거 찍었으면 후배들한테 소고기 한번 사야 맞잖아요. 자기는 소고기 CF 찍고 돼지고기 사줬어요."

그래도 샀네.

"차라리 안 산 것만 못하죠. 후배들한테 약 올리는 것도 아니고 말이죠."

먹고살기 어려워 그런 게 아닐까?

"아니에요. 어렵긴 개뿔. 선배들한테 얘기 들으니까 숨겨둔 돈 엄청나다고 했어요."

누가 그런 말을 했을까?

"오래돼 그 선배 이름이 기억이 잘 나질 않네."

"저도 들었어요."

누가 그런 말을 했을까?

"저도 누군지 기억이 없어요. 시간이 좀 흘러."

"꼰대희 선배님, 그 사람들 이름을 꼭 알아야 해요?"

아이다. 김대희 얘기는 그만하자. 근데 요즘 대희 선배님 우찌 사는지 궁금하다꼬? 그 친구가 와 궁금할까?

"저희들도 대희 선배한테 밥 한 끼 사고 싶었어요. 돼지고기 얻어먹으니까 보리밥이라도 한 그릇 대접하고 싶어요."

알았다. 내 대희 만나몬 꼭 전해 줄게. 갸 요새 보리밥이나 묵고 댕기는지 모리겄네.

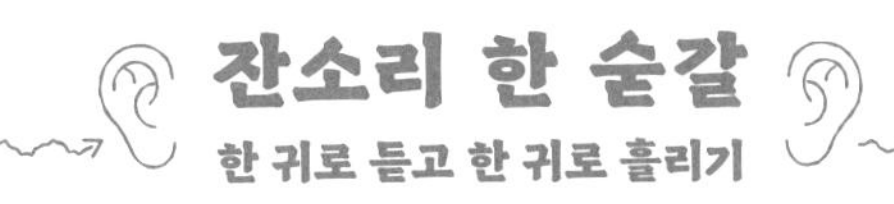

보리밥

내가 김대희를 만나가 느그들이 보리밥이라도 사고 싶다고 전했더이만 눈물 찍, 콧물 찍 말도 아인 기라. 조만간 찾아가 얻어묵을라 카니까 쪼매만 기다리라 카더라. 갸가 먹고 살기가 마이 어려운 모양인 기라. 우리나라 속담에 **가을 식은 밥이 봄 양식이다**라는 말을 들어는 봤나? 봄에는 궁하니 절약하며 살라는 얘기인 기라. 돈이 있을 때 모아가 어려울 때를 준비해야 하는 기라. 허랑방탕하몬서 마구 돈을 써대면 김대희처럼 쫄딱 망하는 기라. 내가 선후배를 불러가 밥묵자꼬 하는 기는 오늘의 양식을 찾아댕기몬서 힘들게 살지만서도 언제나 내일을 준비하고 살자 그 말을 해 주고 싶어서다. 니들이 선배가 되가 후배들에게도 밥사주며 격려하그라. 그기 사람의 지혜고 도리인 기라. 알긊제? 또 보제이.

밥묵자

꼰대희의 밥상머리 교육

1판 1쇄 인쇄 2024년 4월 12일
1판 1쇄 발행 2024년 4월 24일

지은이 꼰대희
펴낸이 김영곤
펴낸곳 (주)북이십일 21세기북스

TF팀 이사 신승철
TF팀 이종배
출판마케팅영업본부장 한충희
마케팅1팀 남정한 한경화 김신우 강효원
출판영업팀 최명열 김다운 권채영 김도연
제작팀 이영민 권경민
디자인 다함미디어 | 함성주 유예지

출판등록 2000년 5월 6일 제406-2003-061호
주소 (10881) 경기도 파주시 회동길 201(문발동)
대표전화 031-955-2100 **팩스** 031-955-2151 **이메일** book21@book21.co.kr

ISBN 979-11-7117-546-8 04800

(주)북이십일 경계를 허무는 콘텐츠 리더

21세기북스 채널에서 도서 정보와 다양한 영상자료, 이벤트를 만나세요!
페이스북 facebook.com/jiinpill21 포스트 post.naver.com/21c_editors
인스타그램 instagram.com/jiinpill21 홈페이지 www.book21.com
유튜브 youtube.com/book21pub

• 책값은 뒤표지에 있습니다.